「いい格好だな」
「……っ！」
ステージに上がってきた東坂に見下ろされ、
和彦はしろい頬を血の色に染めた。
よりによってその男に、
四つん這いに押さえつけられた姿を見られるとは。

Illustration／FUSANOSUKE INARIYA

プラチナ文庫

ひそやかに愛を暴け

藤森ちひろ

"Hisoyaka ni Ai wo Abake"
presented by Chihiro Fujimori

プランタン出版

イラスト／稲荷家房之介

目次

※本作品の内容はすべてフィクションです。

1

天鵞絨《ビロード》を思わせる苔《こけ》の上に、桜の花びらが散っている。

見事な色彩の対比に目を奪われ、志岐《しき》和彦《かずひこ》は思わず足を止めた。四月の半ばを過ぎ、遅咲きの八重桜も見納めのようだ。

——こんなところで、花見をすることになるとはな。

本当なら、土曜日の今日も登庁するつもりだった。この数年そんな調子だから、ゆっくり桜を眺めるのもずいぶん久しぶりだ。

池の水面には、舞い落ちた花びらが桜色の帯となって漂っている。広々とした日本庭園にいると、ここが都心のホテルであることを忘れそうになった。

「あの……」

傍《かたわ》らの女性のか細い声で、和彦はいっきに現実に引き戻された。

「お仕事はお忙しいのですか？」

「——そうですね……」

洩《も》れそうになったため息を噛み殺し、整った白皙《はくせき》に作り笑いを浮かべる。見合いなど不本意極まりないが、相手に罪はない。

すっきりとした細面に、通った鼻梁《びりょう》。切れ長の瞳とやや薄めの唇もあって、和彦の面立ちはどこか男雛《おびな》を思わせた。人形のようにやさしい顔立ちというのではない。完璧に整いすぎているがゆえに、人形めいた冷ややかさがあるのだ。

性格も、冷静沈着だの、クールだのと評されることが多い。それは和彦も自覚しており、相手に与える印象を和《やわ》らげるべく努力していた。

「定時に退庁できることは、ほとんどありません。仙台《せんだい》にいたころはまだ余裕があったのですが、東京に異動になってからは、終電を逃してしまうこともしばしばです」

「やっぱり検事さんはたいへんなんですね」

おっとりと微笑む彼女は、いかにも育ちのよいお嬢さまといった雰囲気だ。

だが、桜と同じ色合いに染められた唇を目にしても、和彦の胸にはなんの感慨も起きない。清楚《せいそ》なワンピースに包まれた、女性らしい肢体にもだ。

「恵理子《えりこ》さんは、お父さまの秘書をなさっているんでしたね」

さきほど見たばかりの釣書《つりがき》を思い出しながら、見合い相手の名前をぎこちなく口にする。

「はい。でも、秘書といっても、父の仕事を手伝っているだけですから」

「三好《みよし》社長はお忙しい方ですから、恵理子さんもたいへんでしょう」

「いえ。そんなことは……本当に、手伝い程度なので」

ほんのりと頬を染めてかぶりを振り、恥ずかしそうに口を噤《つぐ》んでしまう。さきほどからずっとこの調子だ。

ホテル内のフランス料理店で食事を終えて、「あとはお二人だけで」と仲人に送り出されたものの、会話はすぐに途切れてしまい、間がもたない。

話題を探しあぐねた和彦は、「橋を渡ってみましょう」とさきに立って歩き出した。

不毛だ。時間の無駄としか思えない。

食事がてら、重要な話がある——父に呼び出されたホテルで和彦を待っていたのは、見合いだった。和彦本人には無断で、いつの間にか写真や釣書が用意され、相手方に渡されていたらしい。どうりで、ちゃんとしたスーツで来い、と父がしつこく言っていたわけだ。嵌《は》められた、と地団駄《じだんだ》を踏んでも遅かった。すぐさま見合い相手が現れて、和彦は席を立って帰る機会を失った。

見合い相手は、父の後援会幹部の社長令嬢。仲人は父の顧問弁護士で、和彦も昔から世話になっている人物だけに、「ここは私の顔を立ててもらえないだろうか」と言われてはむげにできなかった。

和彦の父、福嶋正興《ふくしままさおき》は与党の大物政治家として世間にその名を知られている。要職を歴任し、派閥を率いる父は相変わらず多忙で、顔を見せただけで帰っていった。「おまえも三十なんだから、そろそろ身を固めろ」と言い残して。

父から見合い話が持ち込まれるのは、これが初めてではない。万事抜け目のない父のこと、息子の結婚を自身の利益に役立てようという腹なのだろう。昨秋、和彦が東京地検に異動してからというもの、なにかにつけ干渉してくるようになった。

もっとも、「検察なんぞ辞めて、弁護士になれ」というのは、和彦が任官して以来の父の口癖だ。おおやけにできないとはいえ、血の繋がった息子が検事というのは、気まずいものがあるらしい。

和彦が高校生のころに亡くなった母は、父の正妻ではなかった。父の側近《そっきん》や後援会幹部のあいだでは、和彦の存在は公然の秘密になっている。

見合い相手の女性も、親からそのあたりのことを言い含められているのだろう。和彦と福嶋の親子関係については触れようとしなかった。

あまり気を遣われては、かえって居心地が悪い。なにより和彦は、興味のない相手と会話を続ける努力をすることにうんざりしはじめていた。いい加減に切り上げて、資料でも読みたい。

刑事部に所属する和彦は、今年に入ってから応援として特捜部に駆り出され、ある事件の捜査チームに組み込まれた。おかげで、仕事漬けの日々に拍車がかかっている。

和彦が検事を志《こころざ》すようになったのは、中学生のころ、特捜部の活躍を取り上げたテレビ番組を見たのがきっかけだ。だが、父への反発があるのも否定できない。

十七歳の秋、母の死と引き換えのようにして福嶋が父親の名乗りを上げた。

多感な時期だったこともあり、突然現れた父の存在をすんなりとは受け入れられなかった。亡くなったと聞かされていた父親が生きていて、しかも、誰でも名前を知っているような政治家だったのだから。

秘書だった母は身ごもったことを知って、福嶋の前から姿を消したという。福嶋はこれまで二人を探し出せなかったことを詫び、和彦に援助を申し出た。

『金銭的な余裕があれば、将来の選択肢がそれだけ広がる。つまらない意地を張って、自分の将来をふいにするのは愚かだと思わないか』

当初は父の申し出を断った和彦も、懇々《こんこん》と説得されて最後に折れた。

確かに経済的な後ろ盾がなければ、司法試験に合格することは難しかっただろう。

司法試験受験者の多くは、試験対策のために予備校を利用しているのが現状だ。たいていは数年通うことになるから、莫大《ばくだい》な学費が必要になる。和彦も予備校に通ったが、アルバイトだけでは学費を賄《まかな》えなかった。

感謝もしているし、いまとなっては父は父、自分は自分と割り切ってもいる。それでもなお、父に対する複雑な感情が胸の奥に燻《くすぶ》っていた。

政治家である父の立場を慮《おもんぱか》り、たった一人で自分を産み育てた母。

父は、そんな母の愛情と覚悟にふさわしい男だったのか。

自分が生まれなければ、母はもっと幸せな人生を送れたのではないか。父と別れ、べつの男性と結婚して、ふつうの家庭を築けたのではないか。

物心ついたときから、和彦は自身の存在に対する懐疑的な思いを抱いていた。検事の職務に邁進《まいしん》するのも、父への反発だけでなく、自身の存在意義を示したいという思いがあるからかもしれない。

さしたる会話もなく池の周りを歩きながら、このあとはお茶でも飲んでいとまを告げようと算段する。

「ホテルの中で、お茶でも飲みませんか」

「はい」

恥ずかしそうに目を伏せて、恵理子が頷《うなず》く。従順で、おとなしい女性。結婚するには理想的な相手なのだろうと、他人事のように考えた。

どれほど素晴らしい女性であっても、結婚はできない。中学生のころの初恋以来、和彦が恋愛感情を抱いたのは同性だけだ。

そんな自分を認められず、女性とつきあったこともあったが、うまくいかなかった。女性特有の甘ったるい匂いや、やわやわとして摑みどころのない肌の感触が、どうしても受けつけられなかったのだ。

何度か苦い経験を経て、ようやく同性にしか惹かれない自分自身を認めざるを得なかった。

とはいえ、和彦が好意を抱くのはまともな嗜好《しこう》の持ち主ばかりで、うまくいったためしがない。異性の恋人とののろけ話を聞かされて、好意を自覚するなり失恋したこともある。生来《せいらい》の慎重で潔癖な性格もあり、同じ嗜好の連中が集う場所に出向いて、相手を見繕《みつくろ》うことには抵抗があった。検事という職業柄、軽はずみな真似もできない。

おかげで、三十歳にもなってまともな恋愛経験が一度もない始末だ。

もしかしたら、一生このままかもしれない。最近では、それも仕方がないかと諦めにも似た思いが芽生えはじめていた。でも、だからといって世間体のために結婚するつもりはない。

「足許に気をつけて」

「ありがとうございます」

段差に差しかかり、高いヒールを履いた恵理子を気遣って振り返ったときだ。

肌がちりっと灼《や》けつくような、勁《つよ》い視線。

なんだろう。うなじのあたりがさっとそそけ立ち、和彦は視線の主を探して池辺を見遣《みや》った。

花びらと新芽が互いの領分を争う八重桜の下に、一人の男が佇《たたず》んでいる。

黒のスーツに白いワイシャツ、シルバーグレイのネクタイ。いずれも、生地の質感からして上質の品であることが見て取れた。磨き抜かれた艶《つや》やかなストレートチップの靴も同様だ。

スーツに包まれた体軀《たいく》はしっかりとした厚みがあり、驚くほど腰の位置が高い。たぶん百九十近くあるだろう。日本人離れした、均整の取れた体軀だ。

年齢は、和彦と同じ三十歳前後だろう。胸ポケットからチーフを覗かせた装いからすると、結婚式の参列客でもおかしくない。

しかし男は、結婚などといった慶事とはかけ離れた、どこか禍々《まがまが》しいまでに強烈なオーラを放っていた。

秀でた額、高く通った鼻筋。くっきりと濃い眉が、気性の激しさと意志の強さを物語っている。

肉厚の唇はひどく酷薄《こくはく》にも、また官能的にも見えた。すうっと切れ上がった左の目尻にあるほくろといい、色悪《いろあく》とでも評したくなるような独特の色気がある。

なにより印象的なのは、猛々《たけだけ》しい輝きを宿した漆黒の瞳だ。スーツの色もあいまって、男はまるで漆黒の毛並みを持つ、優美で残酷な肉食獣を彷彿《ほうふつ》とさせた。

「……っ」

男と目が合い、和彦は小さく眉を寄せた。むろん、知り合いではない。こんな印象的な男に会ったことがあるなら、覚えていただろう。

怪訝《けげん》そうな和彦の反応を認めて、男の唇が緩く弧を描く。男はゆっくり首を巡らすと、和彦の傍らにいる恵理子を見遣った。まるで、棚に陳列された商品を値踏みするかのように。

名園で有名な老舗ホテルという場所柄や、距離を置いた二人のぎこちない雰囲気から、見合いだと察したのかもしれない。和彦に視線を戻した男は、小馬鹿にしたように唇を歪《ゆが》めた。この女と結婚するつもりなのか、とでも言いたげに。

――失礼な。

不愉快だった。揶揄《やゆ》するような笑いを浮かべた男を、きついまなざしで睨み返す。だが、男はますますおもしろそうに目を細めただけだった。和彦の視線をたじろぐこと

なく受け止め、まっすぐに見つめ返してくる。

吸い込まれそうに深い、闇色の瞳。

まともに射貫《いぬ》かれて、息が止まりそうになった。目を逸《そ》らしたいのに、逸らせない。

理性や自尊心を剝《は》ぎ取られ、心の奥底に隠していた欲望を暴かれるような恐れと、相反する恍惚《こうこつ》。——和彦の背筋を、不可思議な感覚が駆け抜けた。

「どうかなさいましたか?」

恵理子に声をかけられ、はっと我に返る。和彦は橋のそばに立ち尽くし、数メートルさきの桜の下に佇む男と睨みあっていた。

「……いえ。なんでもありません」

愛想笑いの下に動揺を押し隠し、さりげなく男のほうを窺《うかが》う。

ちょうど彼の許に、一人の男が駆け寄るのが見えた。なにごとかを耳打ちされ、彼が鷹《おう》揚《よう》に頷く。

最後にもう一度和彦を見遣った男は、別れを告げるように薄く微笑んだ。それを機にあっさり踵《きびす》を返し、悠然とした足取りで遠ざかっていく。

——なんだったんだ。

男の姿がホテルの中に消えるのを見送り、和彦は内心で独りごちた。

目が合っただけなのに、体中の細胞がざわめいている。あの勁いまなざしに見つめられると、周囲にひた隠しにしている、自身の性癖までを見抜かれそうな気がした。

いくら後ろ暗いからといって、考えすぎだ。見ず知らずの男と目が合っただけで、性的な嗜好までわかるわけがない。もしわかるとすれば、相手も同じ嗜好の持ち主である可能性が高い。

自信に満ち溢《あふ》れた、傲慢《ごうまん》そうな男。いかにも女性が放っておかないタイプだ。あの手の男が、同性愛者とは思えなかった。

偶然行き合わせただけの、名前も知らない相手だ。もう二度と会うことはない。

しかし、波立った気持ちはなかなか鎮《しず》まらなかった。


窓から射し込む陽射しが手許に濃い影を落とす。

資料から顔を上げ、和彦は眉間を軽く揉《も》んだ。朝からずっと預金口座の写しを睨んでいたせいで、目も肩も疲れている。

和彦が組み込まれた捜査チームでは現在、人気音楽プロデューサーの詐欺事件に関連した、ある疑惑を内偵中だ。

九十年代はじめにバンドのメンバーとしてデビューした堂島達也《どうじまたつや》は、その後音楽プロデューサーに転身し、数々のヒットを飛ばした。いっときは高額納税者番付の常連だったこともある。

だが、音楽シーンの変化やユーザーの嗜好の細分化もあって、ここ数年は目ぼしいヒットが出ない状態が続いていた。

そこで堂島は、事業に活路を見い出そうとしたようだ。

四年前には香港に音楽制作会社を設立して大々的に進出したが、事業は軌道に乗るどころか、何十億という莫大な負債を生む結果に終わった。

そのまえから、海外に何軒もの別荘を購入したり、趣味の高級外車に億単位の金をつぎ込んだりと派手な浪費をしていたため、瞬く間に資金繰りに窮《きゅう》したらしい。

負債の穴埋めをしようと、新たな事業をはじめては失敗することを繰り返した挙句《あげく》、ついには詐欺事件まで引き起こした。

偽《いつわ》りの上場《じょうじょう》話を持ちかけられ、株と引き換えに五億円を融資した投資家からの訴えで、堂島の犯罪が発覚した。

それだけなら、かつての人気プロデューサーの転落物語で終わっていただろう。

被害者からの告発を受けた東京地検特捜部が堂島の周辺を調べたところ、彼に多額の融資をしていた会社が浮上した。東証二部上場の建設会社、南山《なんざん》建設の事業持ち株会社であるSCホールディングスだ。

南山建設といえば、仕手筋《してすじ》による株価操作がたびたび行われる、いわくつきの企業として知られている。数年前には、最後の大物仕手筋と称されたブローカーとともに、当時の役員が証券取引法違反の容疑で逮捕された。

事件後、持ち株会社制度に移行したのだが、企業としての体質は変わらなかったらしい。今春には二十億もの脱税が発覚し、国税庁が南山建設に査察に入った。

政治家との癒着が以前から囁《ささや》かれていることもあり、検察では脱税だけではなく贈収賄《ぞうしゅうわい》も視野に入れて、南山建設を含むＳＣホールディングスグループの内偵捜査をはじめた。

和彦がいま調べているのも、グループ企業の預金口座だ。資料課の事務官が口座の記録を洗い出したものを、不審な点がないかさらに調べる。

根気のいる作業だが、犯罪を暴く鍵が潜《ひそ》んでいるかもしれないと思うと力が入った。なにより、特捜部に正式配属されるために成果を出したい。

もうひとがんばりしようと机に向き直ったところで、検察事務官の永井《ながい》が分厚い封筒を携《たずさ》えて戻ってきた。

「ＳＣホールディングスの株主の資料です」

「ありがとうございます」

五十近くになる永井は、実直で温厚な人物だ。捜査経験も豊富で、検事としてはまだキャリアの浅い和彦が助けられることも多い。

さっそく封筒から資料を取り出し、ぱらぱらと捲《めく》る。株主の比率から、それぞれの株主の経歴。株主が企業の場合は、所在地はもちろん経営陣についての詳細な資料が、ときに写真を添えて記されていた。

そのうちの一枚の写真に、和彦の視線が引き寄せられる。

一月ほどまえに、ホテルで出くわした男。

早々に断りを入れた見合い相手の貌《かお》はもう覚えていないのに、男の貌はいまだ鮮明だ。

なにかのパーティらしく、写真の中の男はタキシードスーツに身を包み、シャンパングラスを手にしていた。ふつうの日本人男性なら陳腐《ちんぷ》にも見えかねない格好が、よく似合っている。

あのときの男の嘲《あざけ》るような笑いや、なにもかも見透かすようなまなざし、それらが自分にもたらした動揺がまざまざと蘇《よみがえ》り、和彦は眉を寄せた。

いったい何者なのだろう。逸《はや》る気持ちを抑えながら資料に目を走らせると、東坂孝成《とうさかこうせい》という名前とともに、SCホールディングスの主要株主であることが記されていた。

「東坂孝成……」

どこかで聞いたような気がする。和彦の洩らした呟きを聞き咎めて、自席でパソコンを叩いていた永井が顔を上げた。

「確か、堂島にSCホールディングスを紹介した男ではありませんでしたか？」

「ああ……そうでしたね」

聞き覚えがあるのも当然だ。資金繰りに行き詰まった堂島に、彼のファンだというSCホールディングス社長を紹介したのが東坂という男だった。

「東坂孝成は、九曜会《くようかい》傘下の二次団体、東坂組の組長です。東坂姓を名乗っていますが、前組長の養子で、血の繋がりはないようです」

ヤクザと聞いて条件反射的に湧いてくる嫌悪を覚えながら、和彦はやはり、どこかで納得していた。人目を惹きつける強烈なオーラと、圧倒的な存在感。あれでただのサラリーマンだったら、逆に驚いたかもしれない。

指定暴力団九曜会は東日本を中心に、三万人もの組員を擁《よう》する日本最大の暴力団だ。早くから経済活動に乗り出して成功を収めた、経済ヤクザの代表格でもある。

三代目の会長は現在病気療養中で、息子の多岐川隆将《たきがわりゅうしょう》が若頭として実務を取り仕切っていると聞く。

「東坂組の前組長は、同じN県の出身であることから南山建設の創業者と親しかったそうです。政治家にも顔が利いたようで、N県発注の公共工事に南山建設を参入させたという話もあります」

永井が出してくれた資料によれば、東坂は多岐川の引き立てを受けて頭角を現し、東坂組を任せられるに至ったとある。東坂が関係する企業名がいくつも連ねられているところを見ると、シノギにも長《た》けているようだ。

そこに二十八歳という年齢を見つけ、和彦は眉間の皺を深くした。二歳も年下だったのか。ふてぶてしい表情と雰囲気から、同じくらいか、もしかしたら年上かもしれないと思っていたのだ。

「それにしても、堂島さんにはいいブレーンがいなかったんでしょうねぇ。こんなヤクザにまで頼るなんて」

永井の口調には同情がこもっていた。同世代だけに、堂島の零落《れいらく》ぶりに忸怩《じくじ》たるものがあるらしい。

堂島が音楽プロデューサーとして成功を収めるにつれ、学生時代から苦楽をともにしたバンドのメンバーは離れていったようだ。

かわりに、堂島の周囲には彼を利用しようとする連中がたむろするようになった。暴力団関係者や金融ブローカー、相場師、詐欺師。東坂も、そういった連中の一人だったのだろう。

詐欺という犯罪行為にまで手を染めた堂島を、弁護するつもりはない。彼に驕《おご》りや隙があったからこそ、卑劣な連中につけ込まれたのだ。

だが、堂島を利用した連中にまったく罪がないわけではない。堂島の知名度を利用して彼を喰いものにし、甘い汁を吸った連中がなんのお咎めもなしでは、あまりに理不尽ではないか。

とくに、東坂のようなヤクザは赦《ゆる》しがたい社会の害悪だ。

個人的な感情や先入観で捜査をしてはならないが、あの男を叩けばいくらでも埃《ほこり》が出るだろう。

特捜部では、東坂の調査をしていない。堂島の周囲にはほかにも胡散《うさん》臭い連中が多かったし、暴力団関係は警察の管轄という認識があるからだ。おかげで和彦は、東坂の貌も、ヤクザだということも知らなかった。

東坂に関する資料とSCホールディングスの資料を突きあわせているうちに、あることに気づく。

「永井さん、これを見てもらえませんか」

「なにかありましたか」

鼻筋にずり落ちた眼鏡を押し上げ、永井が和彦の机の前にやってくる。

「SCホールディングスの株主である、アイ・エス・コーポレーションという不動産コンサルタント会社なんですが、東坂が関連しているようです。東坂のほうの資料を見てください。東坂は経営にはかかわっていないようですが、アイ・エス社の筆頭株主です」

「これでは、SCホールディングスの株の大多数を東坂が握っていることになりますね」

資料を二つ並べて説明すると、永井が顔をしかめた。

恐らく東坂は、義父から南山建設や政治家との繋がりを引き継いでいるはずだ。東坂を調べれば、SCホールディングスグループの不正や政治家の汚職を暴けるかもしれない。

検事としての正義感はもちろん、東坂への敵愾心《てきがい》、そして手柄を立てたいという功名心が和彦の中で急速に膨《ふく》らんでいた。

SCホールディングスの第二位の株主は、事業投資組合だ。こちらも出資者を調べたほうがいいだろう。

「東坂とSCホールディングスグループとのかかわりが気になります。まず、このゴールデンフューチャー投資事業組合について照会してもらえませんか」

「わかりました」

和彦の目的を察したのだろう。永井が厳《おごそ》かな貌で頷いた。

日比谷《ひびや》公園近くのオフィスビルに、目的の会社はあった。

検察庁からも目と鼻の先だ。場所も一等地なら、真新しいビルも立派で、こんなところに暴力団関連の会社があるとは誰も想像しないだろう。

「本当にお一人で大丈夫ですか、検事」

和彦についてエントランスホールに足を踏み入れた永井が、心配そうに訊《たず》ねる。

堂島達也氏との交際について、お訊ねしたい――東坂が役員を務めるこの会社を通して打診したところ、事情聴取に応じるとの返事があった。ただし、東坂が検察庁に出向くのではなく、こちらのオフィスに、検事である和彦一人で来いという条件つきで。

「検事だとわかって会うのですから、無茶な真似はしないでしょう」

「ですが、……」

心配顔の永井がなおも言い募ろうとするのを、和彦は「大丈夫です」と遮《さえぎ》った。

「約束の時間を過ぎても私が戻ってこなければ、携帯電話を鳴らしてください。連絡がつかない場合は、次の手はずを」

永井に見送られてエレベーターに乗り、十二階にあるオフィスに向かう。

経営コンサルタント会社と名乗っているだけで、本当はペーパーカンパニーではないのか。

最初は疑っていたのだが、事前の調査で、営業実体があることが判明した。社員も二十人あまり在籍している。もっとも、顧客にはいわくつきの企業や人物が多い。

「いらっしゃいませ」

いかにも受付嬢らしい女性に迎えられ、応接室に案内される。

途中見えたオフィスの様子は、至ってふつうだった。社員たちはこの会社が九曜会のフロント企業であることも、東坂の正体も知らない可能性がある。

表向き東坂は、取締役の一人に名前を連ねているだけだ。だが、ほとんどの株を所有する、実質的なオーナーでもある。

検事である和彦をフロント企業のオフィスに呼びつけるのは、その程度調査ずみだろうと開き直っているからなのか。それとも、検察を舐《な》めているからなのか。

なんにせよ、一筋縄ではいきそうにない相手だ。東坂に関するデータを頭の中で反芻《はんすう》しながら、彼と対峙《たいじ》する心構えをする。

広々とした応接室には、イタリア製のソファやテーブル、サイドボードが配されていた。いかにも羽振りのよい会社の応接室といった雰囲気で、九曜会との繋がりを示すようなものはなにもない。

「お待たせしました」

ほどなくしてドアが開き、和彦は思わず姿勢を正した。艶のある低音に、鼓動がとくんと跳ね上がる。

入ってきたのは、東坂本人だった。

細かなピンストライプの入った濃紺のスーツに、白いワイシャツ。袖口から、スイス製の高級時計が覗く。ふつうのサラリーマンの年収を軽く超えるそれをさりげなく身につけた姿は、成功した経営者そのものだ。だが、鋭く冴《さ》えたまなざしと口許の皮肉な笑みが、この男の本性を物語っていた。

「お忙しいところ、お時間を割《さ》いていただいてありがとうございます」

「こちらこそ、わざわざ出向いていただきまして」

言葉つきは殊勝《しゅしょう》だが、東坂の声音には明らかにこの状況を楽しんでいる響きがあった。漆黒の双眸は揶揄《からか》うような光を湛《たた》え、和彦に注がれている。

——ヤクザめ。

東坂への反感などおくびにも出さず、和彦は丁重な手つきで名刺を差し出した。

「東京地検の志岐と申します」

「検事さんですか」

ホテルの庭園で遭遇したことなどなかったかのように、名刺を受け取った東坂がほう、と眉を上げてみせる。

なにしろ、もう二ヵ月近くまえのことだ。目が合っただけの相手のことなど、覚えていないのだろう。拍子抜けしたような、肩透かしを喰《く》ったような気分になるのが、和彦は自分でも不可解だった。

「アドバンテッジリサーチ取締役の東坂です」

差し出された名刺を受け取る際、東坂の指先が和彦の手を掠めた。触れられた部分から微細な電流にも似た衝撃が駆け抜ける。

困惑して眉を寄せると、反応を窺っていた東坂と目が合った。和彦をじっと見据える、あの勁いまなざし。

「なにか？」

「——いえ」

内心の動揺を押し隠し、和彦はなんでもないと返した。絶対、わざとだ。こちらが怯《ひる》むのを見て楽しんでいるのだ。

「堂島達也さんの件でお聞きしたいことがありまして、お伺いしました」

「最近、週刊誌が騒いでいる件ですね。ご期待に添えるかわかりませんが、私が知っていることでしたら、なんなりと」

テーブルを挟んで向かいあった東坂は、小憎らしいほど落ち着き払っていた。

「東坂さんは、堂島さんと親しくされているそうですね」

「どの程度をもって親しいというのかはわかりませんが、ときたまいっしょに食事をするくらいですよ。なにぶん、堂島さんは忙しい方ですから」

鷹揚に笑いながらも、東坂にはまったく隙がない。猛禽《もうきん》類が獲物に照準を合わせるような鋭いまなざしで、和彦を見据えている。

「どういうきっかけで、堂島さんとお知り合いになられたのでしょうか」

東坂の視線に息苦しさを覚えながらも、和彦は貌に出さないように努めた。

「五、六年ほどまえだったでしょうか。出張の際、堂島さんと同じ飛行機に乗り合わせたんです。旅先でもお会いしたので、思いきって声をかけたら、趣味の車の話で盛り上がって……それがきっかけで、おつきあいさせていただくようになりました」

あらかじめ用意されていたように、そつのない答えが返ってくる。本当かどうか、怪しいものだ。

「それは、すごい偶然ですね。まるで、ドラマのようだ」

「私もそう思います。バンド時代からの堂島さんのファンだったので、こんなことがあるのかと驚きました」

和彦のあてこすりを、東坂は薄く笑って受け流した。

「堂島さんとは、プライベートのみのおつきあいだったのでしょうか？」

「何度か彼の個人事務所の経営について相談されて、弊社のコンサルタントを派遣したことがあります。コンサルティング料をいただいておりますので、こちらは仕事ということになりますね。当社の預金口座を調べていただければ、すぐおわかりになるかと思いますが」

さきほどの意趣返しなのか、さりげない嫌みが返ってくる。和彦は強ばりそうになる頬で、「おっしゃるとおりです」と笑みを浮かべた。

東坂は、どこまで検察の捜査が進んでいるのか知っているのだろうか。

あれから和彦は、SCホールディングスグループの内偵と平行して、東坂の調査をはじめた。まだ調べている途中だが、彼の関連会社がSCホールディングスグループの多数の企業に投資していることを摑んでいる。

「堂島さんにSCホールディングスの関《せき》社長を紹介されたのも、仕事としてですか？」

和彦としては核心に切り込んだつもりだったのだが、東坂はまったく動じなかった。

「関社長も、堂島さんのファンなんですよ。それで、堂島さんを紹介してくれないかと頼まれたんです」

「関社長は確か、六十代後半のはず。その年代の方で堂島さんのファンとは、珍しいですね」

堂島のファンの多くは、彼の全盛期に高校生から大学生だった世代で、いまの二十代から三十代だ。

「堂島さんの音楽もお好きなようですが、関社長は彼のプロデューサーとしての手腕を尊敬なさっているんですよ。ビジネスの参考にしたいとおっしゃっていました」

ほくろのある眦《まなじり》を歪め、東坂が薄く微笑む。そんな質問に引っかかるものかと言わんばかりだ。

癇《かん》に障《さわ》る男だった。侮《あなど》られているのがはっきりとわかる。

端整な顔立ちと検事にしては若い年齢のせいで、これまでも和彦は、とくに年かさの被疑者に見くびられることがあった。しかしその都度、毅然《きぜん》とした態度で彼らをやり込めてきたのだ。

ヤクザになど舐められてたまるか。気概のこもったまなざしで、まっすぐ東坂を見据える。

「堂島さんがSCホールディングスから多額の融資を受けていらしたことは、ご存じでしたか？　月利五パーセントで、四億だそうですが」

「それはまたずいぶんな金額ですね」

東坂が驚いたように目を瞠《みは》ってみせる。ヤクザにとって、月利五パーセントなど高利のうちに入らないだろうに。

「ご存じなかったのですか？」

「堂島さんから、SCホールディングスに事業資金を融通してもらったという話は聞いていましたが、具体的な金額や条件までは。なにぶん、堂島さんを関社長に引き合わせただけですので」

緩くかぶりを振り、融資の件は関知していないと告げる。だが和彦は、東坂の言葉を信じる気にはなれなかった。

「月利五パーセントといえば、年利にすると六十パーセントの高利です。こちらの利払いが堂島さんをさらに追いつめたのではないかと考えられるのですが、東坂さんになにかご相談はありませんでしたか?」

「実は私のほうでも、いくらか融通させていただきました。返済期限が過ぎましたが、まったくの音沙汰なしで……困っているんですよ」

男らしい眉を困惑気味に寄せ、自分もまた堂島の被害者の一人なのだと主張する。

おおかた、堂島からさんざん吸い上げた金の一部を、彼が資金繰りに行き詰まったところで貸しつけ、払えないとなると追い込みをかけて厳しく取り立てたのだろう。

内心の憤《いきどお》りを押し隠し、和彦は冷静に質問を続けた。

「ところで東坂さんは、SCホールディングスグループの株をずいぶんお持ちですね。東坂さんご本人の名義はもちろん、かかわっていらっしゃる企業を通じて。たとえば、アイ・エス・コーポレーションのような」

「――参ったな」

広い肩を竦《すく》め、東坂がふっと唇を綻《ほころ》ばせる。言葉とは裏腹に、東坂の表情は余裕に満ちていた。

「そこまで調べられているのなら、SC傘下の南山建設の前社長と、私の義父が旧知の間柄だったことはご存じでしょう。その縁で、SC関連の株を持っているんです」

自分が東坂組組長だと知ったうえで、ここに乗り込んできたのだろう――冷ややかな笑みを浮かべた東坂の双眸には、ぞっとするほどの迫力があった。

この男は、やはり堅気《かたぎ》の人間ではない。東坂の全身から放たれる威圧感に気圧《けお》されそうになりながらも、和彦は東坂に視線を据え続けた。目を逸らしたら、負けたことになる気がしたのだ。

「SCホールディングスの株主である、ゴールデンフューチャー投資事業組合も、東坂さんの会社が運営なさっていますね」

「申し訳ありませんが、投資のほうは専門のファンドマネージャーに任せているので、私は把握していないんですよ」

「ご自身の会社なのに、投資先をご存じないと?」

「投資先には興味がないので。利益が上がればそれでいい」

ヤクザらしい論理だった。この連中は、金がすべてなのだ。

そのあとも調査の過程で浮かんだ政治家とのつきあいについて質問を重ねたが、のらりくらりと躱《かわ》された。これといった収穫がないまま、約束の時間が訪れる。

「本日はご協力いただき、ありがとうございました」

礼を述べながらも、和彦は激しい敗北感に苛《さいな》まれていた。決定的な証拠を突きつけられなかった、こちらの負けだ。

「またなにかありましたら、どうぞ」

「――ありがとうございます」

最初から最後まで、東坂のペースだった。余裕に満ちた態度は、司直の手が及ばない自信ゆえなのだろうか。

九曜会の顧問弁護士は、いわゆるヤメ検と呼ばれる大物の検察ＯＢで、ときに捜査の進展に影響を及ぼすこともあるほどの実力者だ。今日の事情聴取をまえに、東坂がなんらかのアドバイスを受けていてもおかしくない。

「そこまでお見送りしますよ」

「いえ。そんな……」

「せっかくですから」

なにがせっかくなのかわからなかったが、和彦は押し切られる格好で、東坂とともにオフィスを出た。

やってきたエレベーターに乗り込み、いとまを告げる。

「では、失礼します」

「――志岐さん」

閉じようとした扉の隙間に東坂が靴先を捩《ね》じ込むのが見えて、和彦は慌てて開閉ボタンを押した。

「なにか……？」

和彦の問いかけには答えず、東坂が無言で箱の中に身を乗り出してくる。反射的にあとずさったが一瞬遅く、左手を摑まれた。

「っ……！」

骨ばった長い指の感触とともに、東坂の体温が生々しく伝わってくる。間近にある、猛々しい雄の体躯。驚いて見上げると、闇色の双眸が和彦を映していた。

──また……あの目だ。

東坂の持つ圧倒的な色香に当てられたように、目眩《めまい》にも似た感覚が和彦を襲う。

瞬きもできずに凝視していると、東坂がふっと唇を綻ばせた。

「どうした？　キスされるとでも思ったか？」

「な…っ」

どうしてキスされるなんて思うものか。突飛《とっぴ》な発言に驚いていると、摑んだ手を引き寄せられた。

「綺麗《きれい》な手だな」

にやりと笑った東坂の唇が、手の甲に落とされる。

「──……！」

熱い。焼印を押し当てられたかのような衝撃があった。

「な、なにをする……！」

「これは失礼」

邪険なしぐさで払いのけると、東坂がようやく和彦から手を離した。しかし、エレベーターの扉は押さえたままだ。

嫌がらせのつもりなのだろうか。それとも、性癖を見抜かれて揶揄われているのだろうか。不可解な笑みを浮かべた東坂からは、意図がまったく読めなかった。

「あのときいっしょにいた女より、あんたのほうがずっと綺麗だった」

覚えていたのか。さっきは、初対面のように振る舞ったくせに。

さきほどとはがらりと変わったこちらの口調こそが、本来のものだと知れた。

「訊《き》きたいことがあるなら、また来ればいい。あんたならいつでも歓迎するぜ」

挑戦的に言い放ち、東坂がようやくエレベーターの扉から手を離した。

ゆっくりと閉じていく扉の向こうに、不敵な笑みを湛えた東坂の姿が消える。

「……くそ」

下降しはじめたエレベーターの中で、らしからぬ罵《のの》りを吐く。侮られたのだ。悔しくて、腹立たしくてたまらなかった。

——このまま引き下がってたまるか。絶対にあいつの尻尾を摑んでやる。

左手には、東坂の唇の感触があざやかに残っていた。そのぬくもりもだ。

いまさらながらにぞっとして、和彦は激しく身震いした。

一階に着くなり洗面所に駆け込み、冷たい水で手を洗う。

だが、手の感覚がなくなるまで洗っても、東坂の唇の感触は消えなかった。

2

構内には、地下鉄特有のどこか澱《よど》んだ空気が漂っている。

ホームに降りた和彦の目に、ベンチに座ったサラリーマンが広げているスポーツ紙の見出しが飛び込んできた。「堂島達也転落の軌跡」「堂島容疑者の金と女」――いずれも、堂島に関するものだ。

先週末に堂島が詐欺容疑で東京地検特捜部に逮捕されて以来、マスコミはかつての時代の寵児《ちょうじ》が起こした事件を連日報じていた。ワイドショーも週刊誌も、堂島の事件一色だ。

世間の耳目《じもく》を集めている堂島事件の裏で、彼に融資したSCホールディングスグループの不明瞭な資金の流れを追う検察の捜査は着々と進んでいる。和彦も内偵の傍ら、なおも東坂を追い続けていた。

東坂と交遊のある政治家のうちの数人は、SCホールディングスグループとも繋がりがある。だが、いまわかっているのは役員との食事やゴルフといったつきあい程度で、贈収賄に当たるような事実は摑めていない。

『あんたならいつでも歓迎するぜ』

東坂の不敵な貌が脳裡を過《よぎ》り、和彦は拳《こぶし》を握り締めた。あれから十日も経つのに、左手にはまだ東坂の唇の感触が残っている。

あの男は、和彦だけではなく検察をも愚弄《ぐろう》しているのだ。たとえ今回の事件には関与していなくとも、いつか必ず捕らえてやる。

地下鉄の出口から地上に出ると、湿った空気が肌に絡みついた。梅雨入りしたらしく、この数日雨が続いている。

平日の夜にもかかわらず、銀座《ぎんざ》の街は賑《にぎ》わっていた。大声でくだを巻いている酔っ払いに眉をひそめつつ、裏通りに抜ける。古びたビルの一階にある、昔ながらの居酒屋が待ちあわせ場所だ。

引き戸を開けるなり、奥の座敷から「先輩」と親しげな声がかかった。

「すまない。待たせてしまったな」

「いいえ。俺もいま来たばかりですから」

座卓に置いたモバイルパソコンを閉じ、佐野修《さのおさむ》が人懐こい貌で笑う。佐野は和彦の大学の後輩で、いまは大手新聞社の記者をしている。

座敷で向かいあい、まずはビールで乾杯した。

「先週から堂島事件で持ちきりですね」

「佐野くんのところでも毎日報道してるじゃないか。でも、彼がどういった企業から融資を受けていたかを報じたのは、君のところだけだったね」

「あれだけの成功を収めた人物がなぜ詐欺事件などを起こすに至ったか、その背景を伝えるべきだと考えまして」

取材をするうちに、堂島とSCホールディングスの繋がりに辿り着いたのだという。愛《あい》嬌《きょう》のある丸顔に反し、記者としての佐野の観察眼は鋭い。

「頼んでおいた例の件なんだが」

「はい。用意しておきました」

声を潜めて切り出すと、佐野が鞄《かばん》から書類封筒を取り出した。中身は和彦が依頼した、東坂組および東坂孝成に関する資料だ。

「こういう手合いは、志岐さんたちの管轄じゃないのではありませんか?」

「そうなんだが、少し気になることがあって」

「それはもしかして、SCホールディングス絡みですか?」

佐野が直截《ちょくさい》に切り込んでくる。勘がいいなと、和彦は微苦笑を浮かべた。

「いまの段階では、私が否定も肯定もできないことは、君もわかっているだろう?」

「そうでしたね。すみません」

本当はいろいろと聞き出したいのだろうが、佐野も守秘義務がある和彦の立場は理解してくれている。

「SCグループには、頻繁にそういった筋の人間が出入りしているみたいですね。資料にもコピーを入れておきましたけど、アングラ情報誌がたまに取り上げてますよ」

「そういったとは、九曜紋の?」

九曜会の連中かと訊ねると、佐野が「はい」と頷いた。

「俺も一度、取材中に東坂を見かけたことがあるんですよ。旧南山建設からいまの持ち株会社に移行したときのお披露目パーティで。たぶんまだ組長になるまえだったんじゃないのかな」

「東坂本人に会ったのか？」

「見かけただけですが。いかにも女性受けしそうな、すごい色男でしたよ。華があるっていうか……外見だけなら、あんな職種の人間には見えません。でも、まったくの堅気にも見えないですけど」

佐野の口調に潜む賞賛の響きを感じ取り、和彦は複雑な気分になった。客観的に見ても、東坂は目を奪われる存在なのだ。

眉を寄せた和彦の表情を誤解したらしく、佐野が慌てたように言い添える。

「あ、でも、東坂とはタイプが違うだけで、志岐さんも稀《まれ》に見る美形ですよ」

「気を遣ってくれなくてもいい」

「事実を言ったまでです」

しれっと言い放ち、佐野が和彦のグラスにビールを注ぐ。

「ちなみに東坂は、堂島ともつきあいがあったみたいですね」

「誘導訊問には引っかからないよ。君も、取材である程度摑んでいるようだし」

「残念。志岐さんには敵《かな》いませんね」

ぼやきながらも佐野は、堂島事件以外で現在世間を騒がせている、大手都市銀行の不正融資事件の話を持ち出した。こちらも東坂組が絡んでいるという。

「こういう関係に詳しい知り合いに聞いたんですけど」

前置きして、表沙汰になっていない九曜会や東坂組のエピソードを話しはじめる。なんでも、覚醒剤などの違法薬物や銃火器類、表に出せない美術品のたぐいをさばく、オークションのようなものを開いているという噂まであるらしい。

「都内でそんなものを開催したら、人目につきそうだが」

「さすがにオークションうんぬんは、眉唾《まゆつば》だと思いますが」

佐野も半信半疑のようだったが、SCホールディングスグループの内偵に追われて、東坂の調査に時間を割けない和彦にとっては貴重な情報だった。

「今日はありがとう。助かったよ。この借りは、いつか必ず」

「楽しみにしてます」

これから新聞社に戻るという佐野と、店の前で挨拶《あいさつ》を交わす。踵を返して歩き出そうとしたとき、「先輩」と呼び止められた。

「もし本格的に東坂を調べるのなら、くれぐれも気をつけてくださいね。東坂は見かけとは違い、武闘派として有名ですから」

通行人を憚《はばか》り、佐野が小声で囁く。佐野のどんぐり眼《まなこ》は真剣で、和彦への気遣いに満ちていた。

「――わかった。ありがとう」

表情を引き締めて頷き、佐野に別れを告げる。

やはり東坂は、金と暴力が支配する世界の住人なのだ。敵対する者を、力で排除するような。

佐野から話を聞いたことで、東坂に対する嫌悪はいっそう増していた。ああいった連中は、放っておけば野放図にはびこる害虫のようなものだ。なんとしても駆除しなければならない。

――必ず、あの男に吠え面をかかせてやる。

決意を新たにしながら、和彦は佐野から受け取った封筒を持つ手に力をこめた。

「このあたりか……」

小さく独りごち、和彦は周囲を見渡した。

ＪＲ四ッ谷《よつや》駅から徒歩五分。外苑《がいえん》通りから一本入った通りに、目指すビルがあった。

住所表示を見つけ、手にした地図と照らし合わせる。ＳＫビル、三階。

窓には明かりがついていたが、ブラインドが下ろされていて、中の様子は窺えない。看板から察するに、ほかにも企業が入っているようだ。土曜日の夕刻とあって、ほとんどが休みなのだろう。正面玄関のガラス扉は施錠《せじょう》されていた。

――せっかく来たのに……。

徒労という言葉が身に沁みてくる。じっとりと重い梅雨の空気がよけい、和彦の疲労を増した。

平日はSCホールディングスグループの捜査に追われているため、土日のいずれかの空いた時間で東坂を調べるのがせいぜいだ。

東坂がSCホールディングスグループの一連の疑惑に関与しているという確証がない以上、上司に東坂の調査を訴えることは憚られた。もし願い出たところで、ヤクザは警察に任せておけと一蹴されるだろう。

固く閉ざされたガラス扉越しにエントランスを覗くと、テナント名が記されたポストが並んでいるのが見えた。東栄興産《とうえいこうさん》の名前もある。佐野が大手銀行の不正融資事件に一枚噛んでいると教えてくれた、東坂組のフロント企業だ。

なんとかして会社の様子を窺えないだろうか。東栄興産のある三階に明かりがついているだけに、諦めきれない。

ビルの裏手に回ってみようかと歩き出したとき、黒塗りの外車が和彦の傍らを擦り抜けた。

スモークガラスに不審なものを感じて振り返ると、車はSKビルの前で停まった。

タイミングを計ったように施錠されていた扉が開いて、中から二人の男が出てくる。いずれも黒いスーツを着た、いかつい体つきの男たちだ。

和彦は用があるふりを装い、並びのビルのエントランスに身を隠した。

周囲を見渡した男たちの一人が「大丈夫です」と、ビルの中に向かって告げる。どうやら、二人以外にもまだいるらしい。

「いちいち確かめなくっていいって」

——この声。

どきりとするような甘さを孕《はら》んだ低音は、東坂のものだった。少し遠かったが、間違いない。緊張に、鳩尾《みぞおち》のあたりがきゅうっと竦んだ。

「そうはいきません。なにがあるか、わかりませんから」

「あいつらにそんな度胸があるもんか」

東坂がうんざりしたように吐き捨てる。

間を置かず、車のドアが閉まる音が響く。柱の陰からそろそろと覗くと、ちょうど車が走り出すところだった。

どうする。迷ったのは一瞬だった。

東坂に遭遇するなんて、またとない機会だ。東坂を追いかけよう。

危険が伴《ともな》うことはわかっていたが、この好機を逃す気にはなれなかった。もしかしたら、東坂を追いつめられるような手がかりが摑めるかもしれない。

東坂の車を追って大通りに出ると、運よく空車のタクシーがやってきた。

「あの車のあとを追ってください」

東坂の乗った車を指差して車種とナンバーを告げたとたん、にこやかだった初老の運転手の表情が一変した。

「お客さん、面倒ごとは困りますよ」

「急いでるんです、お願いします」

和彦の気迫に負けたらしく、運転手が渋々車を発進させる。

土曜の夕方とあって、道路は混みはじめていた。途中、数台の車に割り込まれながら、東坂の車を追跡する。

標識からすると、赤坂《あかさか》方面に向かっているらしい。確か、赤坂には東坂組の事務所があったはずだ。

追跡するまでもなかったかと落胆しかけたとき、東坂の車はオフィスビルが立ち並んだ大通りを抜けて、繁華街に入った。いくつか通りを曲がり、とあるビルの前で停まる。

少し離れた場所にタクシーを停めてもらい、和彦は東坂と部下の男二人がビルの中に消えるのを確かめた。

通行人を装い、東坂たちが入っていったビルに向かう。彼らを降ろした車はすでに、どこへともなく走り去っていた。

工事中なのか、ビルは白いシートで覆われている。だが、それらしい物音はしない。東坂たちが来たから作業をやめたのか、それとも土曜日で休みなのだろうか。

ただでさえ不景気の昨今、週末に営業している店は少ないらしく、周囲は閑散としていた。更地になっている土地もある。

テナント募集の紙が貼られた斜め向かいのビルに身を潜め、和彦は東坂が消えたビルの様子を窺った。

シートの隙間からは、外壁にひびが入った、古びた雑居ビルが覗いている。これから建て直すのかもしれない。

ビルの見学にでも来たのかと思ったが、東坂たちはなかなか出てこなかった。工事関係者が出入りする様子もない。

おかしい。静かすぎる。なんの動きもないまま二十分近くが経ち、和彦が不審を覚えはじめたときだった。

シルバーメタリックの高級外車が横づけされ、一目でヤクザとわかる風体の男が、部下を従えてビルの中へ消えていく。

東坂たちのときと同じように、車はすぐに走り去り、あたりはなにごともなかったかのように静まり返った。

五分、十分……息を潜めて待ったが、男はおろか、さきに入っていった東坂たちさえ出てこない。

このビルの中に、いったいなにがあるのだろう。工事中のビルを隠れ蓑《みの》にして、取り引きでもしているのだろうか。

先日、佐野から聞いた非合法オークションのことが脳裡《のうり》を掠めた。あのときはただの噂だろうと思ったが、ヤクザが続けてビルに入っていくのを目にすると、もしかしたらと思えてくる。

覚えず、和彦のしろい喉がこくりと上下した。これ以上は、自分一人の手には負えない。警察に通報するべきだ。

でも――。

恐れよりも好奇心と、東坂の鼻を明かしてやりたいという気持ちが勝った。東坂を追いかけて、せっかくここまで来たのだ。

『キスされるとでも思ったか？』

馬鹿にして。ぶり返した怒りが、和彦の中の闘志に火をつける。

いつもの和彦なら、ヤクザのあとをつけようなどとは思わなかっただろう。まして、なにがあるともわからないビルに潜入することはもちろんだ。自分を愚弄した東坂に対する怒りが、慎重な和彦をして無謀《むぼう》な行為へと駆り立てた。

シートの隙間から、エントランスに明かりがついているのが見える。正面は避けて、裏手に回ることにした。人間一人通るのがやっとの、ビルとビルの隙間を抜ける。

黄色と黒の工事用のバリケードをよけて、裏口に辿り着く。見れば、ドアがわずかに開いて明かりが洩れていた。工事関係者が施錠し忘れたのだろうか。

人の気配がしないのを確かめてから、ドアの内側を覗き込む。そこはすぐ非常階段になっており、エントランスホールとはもう一つの扉で仕切られていた。

人の話し声らしいざわめきや音楽が、かすかに聞こえてくる。どうやら、地下からのようだ。

営業中の店があるのだろうか。それらしい看板は出ていなかったが。

ますます不審に思い、和彦は意を決して足を踏み入れた。慎重に、一歩ずつ非常階段を下りていく。

心臓が早鐘を打っている。それでいて、刑事か探偵の真似事のようなことをしている自分がおかしくもあった。

地階に辿り着き、じっと耳を澄ます。非常扉の向こうで、確かに人の気配がしている。

もう少し様子を窺おうと扉に耳を近づけた瞬間、和彦の背後で怒号が弾けた。

「なにもんだ、てめぇ」

はっとして振り返ると、階段の踊り場に派手な柄シャツを着た若い男が立っていた。服の趣味も悪ければ人相もまずい、いかにもチンピラといった男だ。

「そこでなにしてやがるっ」

一瞬ぽかんとした貌になった男は和彦を認めて血相《けっそう》を変え、階段を駆け下りてきた。

万事休すだ。背後の注意を怠《おこた》ったことを後悔したが、遅かった。

「どうやってここに入ってきた、ああ?」

「……っ」

どすの利いた声を張り上げ、和彦に飛びかかってくる。階段と非常扉のあいだの狭いスペースに逃げ場はなく、あっさりポロシャツの襟《えり》を掴まれてしまった。

「サツか？　それとも、マスコミか？」

検事だとわかれば、ただではすまないだろう。検事バッジをしていなかったのは、不幸中の幸いだった。

下手に東坂の名前を出して、引き渡されても困る。とっさに和彦は、思案を巡らせた。

「違う。……知り合いを見かけて、ついてきただけだ」

「知り合いだと？」

襟首を掴んでいた若者の力が、ほんのわずか緩んだ。

「騙《だま》されて、金を巻き上げられたんだ。そいつを街で見かけてあとを追ってきたら、ここに入っていった。そのまま出てこないから、様子を見ようと……」

「それで潜《もぐ》り込んだって？　舐めてんのか、てめぇ」

「嘘じゃな、……っ」

「うるせぇっ」

激昂《げっこう》したように若者が吠える。襟を掴んで吊るし上げられ、しゃべるどころか、息ができなくなった。

「ふざけんな。そんな言い訳が通用すると……」

「どうした？」

殴られるのを覚悟したとき、非常階段の上のほうからべつの男の声がした。兄貴分なのか、若者が弾かれたように姿勢を正す。

「申し訳ありません。ネズミが入り込んでました」

「ネズミだと?」

階段を下りてきたのは、ダークスーツをまとった痩《や》せぎすの男だった。若者とは明らかに違う、凄みのようなものがある。

「ちゃんと見張っておけと言っただろう」

抑揚《よくよう》に欠ける声で言うなり、男は無造作に掌《てのひら》を翻《ひるがえ》した。容赦のない平手打ちを喰らい、大柄な若者がよろめく。

「す、すみません…っ」

土下座せんばかりの勢いで詫びる若者を無視し、男は和彦に視線をよこした。

「これはまたずいぶん綺麗なネズミだな」

「……」

丸呑みする卵を品定めする蛇のような目に見据えられ、背中を嫌な汗が伝った。ぞっとするほど冷酷な目つきは、人間を人間と思っていない証拠だ。

まずいことになった。相手が一人ならまだ隙を見て逃げ出せる可能性があったが、二人ではまず無理だろう。

「どうしますか、こいつ」

唇の端に血を滲《にじ》ませた若者が、和彦の腕を摑んで兄貴分の前に突き出す。

「そうだな……」

考えるそぶりで一拍置いてから、男は口を開いた。

「もう時間がない。口を割らせるかわりに、商品として出せ。バラして売るよりも、いい値段で売れるだろ」

まさか、本当にここでオークションが開かれているのか。男の口から商品だの、売るだのといった不穏な単語が飛び出し、和彦は愕然《がくぜん》とした。

ここは現代の日本だ。人間を売るなどという行為が赦されるはずがない。聞き間違いではないのか。いや、聞き間違いだと思いたい。

「……っ」

呆然としていると、スーツ姿の男にいきなり顎を摑まれた。顎先を掬《すく》い上げただけに見えるのに、恐ろしいほどの力だ。

「どこのどいつか知らないが、ここに来たのが運の尽きだと思って諦めるんだな」

「……私を、どうするつもりだ」

「売るのさ」

和彦の怯えを楽しむように、男が酷薄そうな唇を吊り上げて嗤《わら》った。

「あんたみたいな綺麗な男は、貴重な商品なんだ」

「馬鹿な……」

悪い冗談ではないのか。男の答えを聞いても、まだ信じられなかった。

「人間一人消えたって、このご時世じゃたいしたことじゃない。痕跡を消す手段は、いくらでもあるからな。自分が消えたあとのことを心配するより、変態野郎に競り落とされて、やり殺されないかを心配したほうがいいぜ」

あんたのお綺麗な貌は、その手のやつらをそそりそうだからな——嫌な笑いを浮かべた男の言葉に、心の底からぞっとした。落札されるということは、落札者の性的な欲望の犠牲になることを意味するのだ。

「冗談じゃない。離せ…！」

こんなところで、売られてたまるか。渾身《こんしん》の力で顎を掴む男の手を払いのけ、脇を擦り抜けて階段に向かう。

だが、和彦よりも男の動きのほうが速かった。

「……っ！」

足払いされて、コンクリートの床に倒れ込む。思うさま肩を打ちつけ、痛みに息を詰める。それでもなお立ち上がろうとした和彦の手を、男が容赦なく踏みつけた。

「痛い目に遭《あ》いたくなきゃ、おとなしくしてろ」

「う……」

男の靴先にじわじわと体重がかけられ、和彦の白皙に冷や汗が滲んだ。この男なら、なんのためらいもなく指の骨を踏み潰すに違いない。

「連れてけ」

「はい」

手荒く引き立てられ、よろめきながら立ち上がる。
自分の身になにが起きようとしているのか、考えられなかった。
これが現実の出来事だと、信じたくなかったからだ。

3

「歩け」

「ッ……」

いきなり首輪から繋がる鎖を引っ張られて、前につんのめりかける。黒い布で目隠しをされているせいで、身構える余裕がなかった。鉄製の鎖はずっしりと重く、後ろ手に縛《いまし》められていることもあって、バランスを崩しそうになる。

「ほら、早くしろ」

両脇を男二人に挟まれ、引きずられるようにして歩き出す。足の裏から、コンクリートのひんやりした感触が伝わってきた。

いまの和彦は、靴はおろか、服さえ身につけていない。一糸まとわぬ姿で首輪と手枷をつけられ、口許にはゴルフボールに似た奇妙な器具を嵌められていた。口枷の役目を果たすものらしく、口を閉じることも、声を発することもできない。

あれから地下の一室に連れ込まれ、身につけていたものをすべて剝ぎ取られた。腕時計や財布、携帯電話もだ。必死で抵抗したが、男三人がかりで押さえ込まれてはどうしようもなかった。

『生っちろい体しやがって』

『あんまり使ってないみたいだな。綺麗なもんだ』

男たちに両脚を広げられ、性器の様子を検分された。さらには、その奥の部分もだ。

『お上品に閉じてやがるな』

『今夜中に、どんなもんでもずっぽり銜《くわ》え込めるようになるさ』

きつく閉じた窄《すぼ》まりを揶揄し、男たちは下卑た笑い声を立てた。男の経験はあるのか、何人の女とやったんだと和彦に訊ねながら。

これほどの辱《はずかし》めがあるだろうか。

前に進む脚が鈍るたび、首輪に繋がる鎖を引っ張られた。まるで、家畜だ。激しい屈辱に、頭がどうにかなりそうだった。

音楽と人の話し声がじょじょに近づいてくる。両脇から抱え上げられるようにして階段を上ると、目隠しの上から目映《まばゆ》い光に照らされた。

「さあ、今夜の目玉です」

ざわめきの中、男の声が高らかに響く。なにごとかと驚いて立ち竦むと、強引に前へ引きずられた。

「……！」

ふいに目隠しが外され、視界に光が溢れる。眩《まぶ》しさに目を細めた和彦は、自分がステージのような場所に立たされていることを知った。

かつてはキャバレーかなにかだったのだろう。目の前には、一段低くなった客席が広がっている。いずれも、広々としたボックス席だ。

スポットライトに照らし出されたステージとは対照的に、照明が絞られた客席は薄暗い。奥のほうはよく見えなかったが、客はほぼ男性のようだ。一目でヤクザだとわかる者もいれば、目許を仮面で隠している者もいる。素性を知られてはまずいのだろう。

「いかがです？　とびきりの上物です」

「…っ」

司会者の男が目顔で合図すると、和彦は傍らの男に顎を摑まれて、客席に向けて顔を固定された。

見知らぬ大勢の前で、一糸まとわぬ姿を晒《さら》している。正気なだけに、いたたまれなかった。

この中に東坂がいるかもしれない。いや、もしかしたら、和彦が東京地検の検事であることを知っている者がいるかもしれないのだ。

正体を暴露されたら、一巻の終わりだ。男たちの様子からして、口を封じるために和彦を殺すくらいのことはやりかねない。

「ご覧ください。体もじつに綺麗です」

「う…う」

両脇から力ずくで両脚を割り広げられる。やめろと叫びたいのに、口枷のせいで声が出ない。唾液が口の端から滴《したた》り落ちるのも、粗相《そそう》をしているようで屈辱的だった。

「このように、乳首も性器も初々《ういうい》しい色をしております」

司会者の言葉に、客席からいやらしい笑いが起こる。

「確かに美形だな。体も綺麗だ」

「私はもう少し筋肉があったほうが好みだがね」

ここで行われているのは非合法のオークションで、自分は商品として売られるのだ。欲望をあらわにした視線に全身を撫《な》で回され、値踏みされて、和彦は自分が置かれた状況をまざまざと思い知った。

いまの自分は、人格を持った志岐和彦という一人の人間ではなく、競り落とされる一個の商品なのだ。

せめてもの抵抗にきつく目を閉じていると、瞼の上にひときわ勁い視線が突き刺さってきた。

まさか。恐る恐る目を開けて、客席を見遣る。

――東坂……！

中央のボックス席に陣取った東坂が、ステージ上の和彦を凝視していた。いつもの人を喰った笑いは鳴りを潜め、ひどく険しい表情をしている。

「お客さまがもっとも関心をお持ちの部分をお見せいたしましょう」

司会者が言い終わらぬうちに、和彦は客席に背を向けてステージに跪《ひざまず》かせられた。背中を押さえつけられて獣のように尻だけを高く掲げさせられ、両脚を広げられる。

「——……っ」

客席に向かって、ふだん外気に触れることのない部分が剝《む》き出しにされた。

きっと東坂も、見ているに違いない。耐えがたい恥辱に、和彦の体が瘧《おこり》にかかったように震え出した。

「ご覧のとおり、こちらも申し分のない状態です。なんでも、処女だとか。多少手間はかかるかもしれませんが、お好きなように躾《しつ》ける愉しみがあるかと存じます」

観客たちが感心したような声を上げ、和彦に注がれる視線が熱を増す。客の興奮が最高潮に達したタイミングを逃さず、司会者が声を張り上げた。

「それでは、はじめましょう。まずは一千万円から——」

「待ってくれ」

司会者の言葉を、よく通る低音が遮った。ざわついていた客席が、水を打ったように静まる。

「その商品、俺が一億で買わせてもらおう」

一方的に宣言したのは、東坂だった。ほかの客から、非難とも失望ともつかないどよめきが上がる。

なにが起きたのかわからず、和彦は首を捻《ひね》って客席を振り返った。ソファから立ち上がった東坂が、ゆっくりとステージに近づいてくる。

「困りましたな、東坂さん」

東坂の前に、ステージ袖から現れた男が立ちはだかった。恰幅《かっぷく》のいい、紳士然とした壮年の男だ。その傍らには、和彦を捕らえた蛇のような目をした男がいる。

「商品を一方的に買い取られては、私の顔が立ちません」

「少々因縁《いんねん》のある相手でしてね。ぜひお譲りいただきたい。浦上《うらがみ》さんには、あとで改めてお詫びをさせていただきます」

「私はともかく、今夜はオークションを愉しみにやってきたお客さまばかりだ。金の問題だけではすみませんよ」

「わかっています。競り落とす愉しみを奪ったかわりに、みなさんには私がショーをお見せしますよ」

東坂が含みのある微笑を浮かべると、浦上と呼ばれた男のほうも「仕方ありませんね」と苦笑した。

「みなさん、お聞きになったとおりです。この商品は、こちらのお客さまにお譲りいただきたい。そのお礼に、これから素晴らしいショーをお見せくださるそうです」

浦上が客席に呼びかけると、拍手が起こった。残念そうに肩を落とす者もいたが、面と向かって抗議する者はいない。

「いい格好だな」

「……っ！」

ステージに上がってきた東坂に見下ろされ、和彦はしろい頬を血の色に染めた。軽率だったとはいえ、捕らえられるに至ったそもそもの元凶は東坂だ。よりによってその男に、四つん這いに押さえつけられた姿を見られるとは。

「ベッドに運べ」

東坂が顎をしゃくって、和彦を押さえ込んでいた男たちに命じる。触るなともがいたが、なんなく抱え上げられて、中央に据えられたベッドに下ろされた。

キングサイズで、四隅に瀟洒《しょうしゃ》なデザインのポールがついている。首輪の鎖と手枷を外されたものの、今度は手錠を使って両手両脚をそれぞれ四本のポールに繋がれ、大の字に磔《はりつけ》にされてしまった。

「おとなしくしてろよ。あんたの正体がばれたら、ここから帰れないぜ」

「……」

東坂がベッドの傍らに腰を下ろし、和彦にだけ聞こえるような声で囁く。どういうことだ。視線で問うたが、東坂は皮肉っぽく笑っただけだった。

和彦を捕らえた男たちは、素性を厳しく詰問《きつもん》しなかった。落札した客に一生飼い殺しにさせるつもりだったからだろう。改めてぞっとするとともに、東坂が自分の正体をばらすつもりがないらしいことを不思議に思った。

もしかして、助けてくれるつもりなのだろうか。しかし、すぐに和彦はありえない、と自らの考えを否定した。現に、東坂の命令でベッドに縛りつけられているではないか。

「綺麗な肌だな。掌に吸いついてくる」

肌触りを確かめるように、東坂が和彦の首筋から肩先を撫でる。ヤクザになど、触れられるのも穢《けが》らわしい。

「そんな目をするなよ。よけいいじめたくなるだろ」

睨みつける和彦を見て愉しそうに喉を鳴らし、東坂が胸許へと手を這わせる。

「ちっちゃくて、可愛いな」

「っ……」

小さな突起を指の腹に掠められて、肩がぴくりと揺れる。どうしてそんな場所を触るのだろう。女性扱いをして辱めようというのだろうか。

人差し指と親指で摘《つま》み上げられ、じりじりと擦られると、くすぐったいような曖昧《あいまい》な感覚が生じた。

「っ…、ぅ」

指先に挟んだ乳首をきゅうっと引っ張られて、鋭い疼痛《とうつう》が脊髄を駆け抜ける。なぜか、触れられてもいない下肢までもがじいんと疼《うず》いた。

「胸をいじられると感じるみたいだな」

「……、…ぅ」

違う。驚いただけだ。女性でもないのに、そんな場所をいじられて感じるわけがない。

「尖ってきたぜ。――ほら」

「ッ…ぅ」

指先で軽く弾かれて、ベッドに磔にされた体が大きく弾む。痛みだけではない。さきほどよりも明確な快感が、胸の先端から体の中枢を駆け抜けた。

「わかるだろ？　俺の指が弾かれそうなほど、硬くなってるのが」

「う…、ぅ……っ」

ゆっくりと力を加えて押し潰されると、男の指を撥《は》ね返すようにして乳嘴《にゅうし》の中に硬い芯が存在するのがわかった。でも、だからといって感じているわけではない。

快感を否定したものの、凝《しこ》った粒を捏《こ》ねられると、体が震えるのを堪《こら》えられなかった。ガラスの破片のように鋭い刺激が立て続けに生じる。

「っ、ふ……」

執拗に両方の突起を嬲《なぶ》られ、口枷の隙間から熱く湿った吐息が洩れた。

こんなに敏感な場所だったのだろうか。まるで、剝き出しになった神経に直接触れられているかのようだ。無用な器官という認識しかなかっただけに、和彦の戸惑いは大きかった。

「うまそうな色になったな」

「ッ……！」

飢えた獣のように舌なめずりし、東坂が乳嘴に吸いついてくる。熱く、ぬめった感触に驚愕し、和彦は竦み上がった。

かりっと歯を立てられると、喰いちぎられるのではないかという恐れが湧いてくる。かすかな痛みは、いっそう倒錯的な快感を呼び起こした。

「こっちも、勃ってきたな」

「う……」

東坂が体をずらし、和彦の下肢を客席に見せつける。両脚を開かれてベッドに縛りつけられていては、どんな反応も隠せない。

「男のくせに、よほど乳首が感じるらしいな。もう勃起している」

「やるねぇ、東坂さんも」

グラスを手に見物していた観客たちが、卑猥《ひわい》な囁きを交わす。欲情にぬめった彼らの視線が、晒された屹立《きつりつ》を辿るのが感じられた。

嘘だ。大勢の人間がいる前で、男に乳首を嬲られて勃起しているなんて。

だが和彦の目にも、両脚のあいだで自身の欲望が勃ち上がっているのがはっきりと見えた。こんなの、自分の体じゃない。無意識のうちにかぶりを振ると、東坂が嘲笑った。

「なにが違うんだよ？　おっぱいいじられて、感じてるんだろうが」

「ん、ぅ…ッ」

紅く凝った乳嘴を抓《つね》られ、髪を振り乱してのたうつ。痛いのに、感じてしまう。きっと、尋常ではない状況のせいで感覚が錯綜《さくそう》しているのだ。

オークションにかけられて東坂に買われ、客の面前で辱められているなんて、悪い夢を見ているとしか思えない。

「もうさきっぽが濡れてるぜ」

「ッ」

張りつめた性器の先端をつつかれて、先走りの蜜がぬるっと溢れる。見たくない。顔を逸らし、きつく目を閉じる。

「いっぱい詰まってそうだな。最近、してないのか？」

「っ…、ふ……」

根元の袋を嬲りながら、東坂が卑猥な台詞《せりふ》で観客たちに和彦の状態を知らしめる。中の双珠を擦りあわせるようにして揉みしだかれると、潤んだ先端の切れ込みから、つぷつぷっと蜜が押し出された。

「濡れやすいな、あんた。こんなに感じやすい体で、これまでどうしてたんだ？　自分で抜くだけじゃもの足りなかっただろ？　昼間は取り澄ました貌してても、体が火照《ほて》って眠れない夜があったんじゃないのか？」

そんなこと、していない。和彦は性的に淡白なたちで、相手がいなくとも、とくにもの足りないと思ったことはなかった。

「ほら……ぐちゃぐちゃだぜ」

「う…、ぅ…っ」

わざと音を立てて昂《たかぶ》りを扱《しご》かれる。恥ずかしい。なのに、はしたなく撓《しな》った屹立は萎《な》えるどころか、嬉しげに震えて次々に蜜を零《こぼ》した。

そんな和彦の様子を、観客たちが凝視している。彼らの視線を意識するほどに、和彦は追い込まれていった。

人前で嬲られて感じるなんて、異常だ。自分はどうかしてしまったのではないか。

「う――……」

ねっとりと潤んだ蜜口に爪を立てられ、全身で仰《の》け反った。動きに合わせて、和彦を拘束する鎖が重たげな音を立てる。

達《い》ってしまう。そう思った瞬間、弾けようとした花茎の根元を東坂の指に押さえつけられていた。

「う……っ、ふ……」

直前で放出を妨げられた欲望が、体の中で激しく逆巻く。びくびくっと跳ねた果実は射精を遂げられなかった切なさに身悶《みもだ》えしながら、濃度を増した蜜を滴らせた。

「こっちはまだお預けだ。そのまえに、あんたのいい声を聞かせてもらおうか」

紅く凝った乳首を嬲ってさらに和彦を苛みながら、東坂が傍らに控えていた男に目配せする。

「っ、ふ……」

ようやく口枷が外されたが、すっかり顎が痺れ、喉の奥がひりついていた。

さらに、ポールに繋がる鎖を外される。楽になったと思ったのもつかの間、今度は右手と右脚、左手と左脚をそれぞれ手錠で縛められた。自然と膝が曲がり、両脚がM字に開く。

そそり立った欲望やその根元で張りつめている袋、恥ずかしい窄まりまでを自ら曝《さら》け出すような、浅ましい格好だった。

「……、……」

どうしてこれほどまでに辱められなければならないのだろう。こんな目に遭うくらいなら、いっそ一思いに死んだほうが――。

弱気な考えが脳裡を掠め、和彦は唇を嚙み締めた。だめだ。こんなところで死んでは、亡くなった母が悲しむ。

薬剤のようなチューブを取り出し、東坂がとろりとしたクリームを指先に掬い取る。両脚のあいだに塗りつけられそうになり、和彦は不自由な体を捩《よじ》ってもがいた。

「やめろ……触るな…ッ」

「腰振ってねだるくらい、待ちきれないのか？　悪かったな、焦らしちまって」

抵抗すればするほど、東坂を愉しませてしまうようだ。にやにやと笑いながら、東坂があらわになった双丘の狭間《はざま》に指を滑らせる。

「……ッ」

窄まりに東坂の指を感じ、和彦は鋭く息を呑んだ。

大勢が見ている前で、いちばん恥ずかしい場所を東坂に触れられている。嫌悪や羞恥、怒りがいっしょくたに押し寄せてきて惑乱しそうになった。

同性にしか恋愛感情を抱いたことがないとはいえ、実際の経験は皆無だ。確かに、同性とのセックスを夢想したことはある。想いが通じあった、好きな相手とのセックス。けれど、大勢の前で憎むべき男に嬲られる場面を想像したことなど、一度もない。

「ヴァージンてのは本当らしいな。ぎちぎちに閉じてやがる」

「や…やめろ…っ」

クリームのねっとりとした感触が気持ち悪くて、頬がそそけ立つ。

「強情張るなよ。すぐにいい声を上げさせてやる」

傲慢な台詞を吐き、東坂がクリームを塗《まぶ》した指で襞襞《しゅうへき》をなぞる。怯えに竦んだ蕾は頑《かたく》なに閉じ、男の指を拒んでいた。

「う…ッ」

潤滑剤のぬめりを借りて、指先がわずかに潜り込んでくる。ぞっとするような異物感に襲われ、全身が強ばった。

「指一本で痛がっててどうするんだ」

「これからもっとでかいもんを銜え込まなきゃいけないってのにな」

観客たちの下品な野次は和彦の耳にも届いていたが、怒りを感じる余裕はなかった。じりじりと縫うようにして押し入ってくる指に、全身の神経が集中している。

力を入れて拒もうとすれば、かえって男の指を締めつけてしまいそうで、なすすべがない。切れるほど唇を噛み締め、体の内側を開かれる不快な感覚に耐えた。

「怪我させたりしないから、安心しろ。たっぷり可愛がって蕩《とろ》けさせてから、ここを女にしてやるよ」

おぞましい。嫌悪に顔を歪めると、東坂が色気のある目許を淫蕩《いんとう》に眇《すが》めた。

「あんたならすぐに、男が欲しくてたまらない体になるだろうな」

「ひ…ッ」

半ばまで差し入れた指を付け根までいっきに沈められて、喉が引き攣《つ》った。さほど痛みはなかったが、骨ばった長い指がもたらす違和感は相当なものだ。

「う……く、……っ」

根元まで埋めた指を小さく前後されて、くちくちとぬめった音が響いた。あられもなく押し開かれたしろい両腿に痙攣《けいれん》が走り、爪先がきつく丸まる。自分とは異なる意思を持つものに体の中をまさぐられるのが、これほど気持ち悪いことだとは思わなかった。

「……ッ」

内奥に潜むある一点を指の腹に押されたとたん、感電したような衝撃があった。拘束された和彦の肢体が、手錠を引きちぎらんばかりにして跳ね上がる。

「な…？　あっ、あ…っ」

「ここみたいだな、あんたのいいところは」

いい？　これが？　感覚が鋭すぎて快感を捉えきれないまま、立て続けにその場所を捏ねられて腰がびくついた。昂りを失いかけていた花茎がひくひくと身を捩りながら、硬く張りつめていく。

「たまんないだろ、ここ。こりこりしてる」

「……ッ、や、め……、っ」

周囲とは感触が異なる場所をぐりっと抉《えぐ》られると、鋭い快感が火花のように散った。瞬く間に限界まで撓り返った屹立の先端から、喜悦の涙が滴る。

「また洩らしてるぜ」

「あっ、あ…っ」

内部の弱みを狙って突き上げられながら、滲《にじ》んだ蜜を塗り広げるようにして昂りの先端に円を描かれる。愛撫に合わせて和彦の声が淫《みだ》らに弾み、絖《ぬめ》のようにしろい肢体が妖しく捩れた。

「恥ずかしいと思わないのか？　みんなが見てる前で、尻の中をいじられて感じるなんて」

「ちが……」

違う。自分は、そんな淫らな人間じゃない。和彦は怯えた貌で頑なに首を振った。

「じゃあ、これはなんだよ？」

「ひ…ぁっ」

紅く潤んだ性器の先端を摘まれ、和彦の腰が喜悦にうねる。痛いくらいの愛撫にすら感じてしまい、濃い蜜がじゅくじゅくと溢れた。

「まだ強情を張るなんて、よほど余裕があるみたいだな」

「あ…ぁっ」

東坂が不穏に目を眇め、内奥からずるりと指を引き抜く。これ以上なにをするつもりだろう。不安に駆られて見つめていると、東坂が傍らの男に小声でなにか命じた。すぐにペット用の首輪のような、皮製のバンドが用意される。

「素直になれたら、外してやるよ」

「え…っ」

男たちに押さえつけられ、痛いほど張りつめた屹立の根元にバンドが巻きつけられる。両端の金具を嵌められてバンドを装着されると、射精することも、萎えることもできなくなった。

「あ…ッ」

再び東坂がひくつく窄まりに指を突き立てた。クリームで潤った花弁は抵抗するそぶりも見せず、嬉しげに震えて男の指を迎え入れる。

「さっきより、ずいぶん柔らかくなったな」

もはや最初のころのような異物感はなく、火照った襞《ひだ》を擦られるぞくぞくするような快感があった。

「あ、あ…っ」

ぐりっと旋回した指に性器の裏側にある例のポイントを抉られ、自分のものではないような嬌声《きょうせい》が迸《ほとばし》った。硬く熟れた花茎が躍り上がるようにして震え、とぷりと蜜を零す。根元を縛められていなければ、射精していたかもしれない。

「達きそうなくらい、いいんだろ?」

「ぅ…ぅ…っ」

弱みをこりこりと転がされて、唇を噛み締める。気持ちがいい。でも、認めたくない。こんな恥ずかしい場所をいじられて、感じているなんて。

「いいって言えよ」

「あっ、あっ」

わざとポイントを外されると、愛撫をねだって和彦の腰がもじもじと揺れた。いけないと思っていても、淫欲に侵された体はたやすく和彦の意志を裏切る。

「こっちだって、いやらしく尖らせてるくせに」

「あ…ぁッ」

あからさまな濡れ音を立てて、東坂が凝った乳嘴に吸いついてくる。歯のあいだに挟んで引っ張られると、東坂の指を食《は》んだ内奥までが浅ましく収縮した。

「どうしたんだ? 乳首を吸ったら、中まで締まったぜ」

「や…あ、あ…っ」

胸をいじめられるたびに鋭い快感が駆け抜け、粘膜が勝手に東坂の指をきつく締め上げてしまう。自分の体なのに、まったく制御できない。

「おやおや。紅くなって、ひくついてるじゃないか」

「おしゃぶりしてるみたいだな」

客たちの淫靡《いんび》な忍び笑いが、細波《さざなみ》となって和彦の耳にも押し寄せてくる。耳を塞ぎたくとも、両手を縛められていては叶わない。

東坂はもはや和彦の性器には触れず、乳首と内奥だけを苛んだ。

熟れた乳首を舌先で転がし、唇を窄めて吸い上げ、硬度を確かめるように時折、歯を立てる。

そのあいだも、内奥を掻き混ぜる動きは止まらなかった。二カ所から生じる快感は激しい炎となって、和彦の全身を燃え上がらせる。

「あ…ぅ、ん…っ」

気が狂いそうだった。どれほど昂っても、射精できないのだ。

和彦の白皙の額に汗が滲む。桜色に上気した頬、愉悦に濡れた瞳。ふだんは人を拒むかのような硬質な美貌が快楽に蕩け、甘い艶をまとう。

「も…、う……」

「もう、なんだ?」

東坂に訊ねられて、和彦ははっと我に返った。いったい、なにを言おうとした? 哀願めいた言葉を口にしかけたことに気づき、唇を嚙み締める。

「言えよ。ここまで恥ずかしい格好を晒しといて、強情張る必要なんてないだろ」

「あ…んっ」

弱みを苛んでいた指を付け根まで突き立てられて、女のような声が口を衝《つ》いて出る。溶け出した潤滑剤がひどく猥《みだ》りがわしい音を奏で、和彦の羞恥と興奮を煽《あお》った。

「ほら。みんなあんたのことを見てるんだぜ」

「ひ、……っ」

顎を摑んで無理やり客席を向かされ、和彦は尖った悲鳴を上げた。観客の誰もが、にたにたと笑いながらこちらを凝視している。

「いやらしく尖った乳首も、濡れ濡れになったペニスも、俺の指を銜えてひくついてる尻も、ぜんぶ見られてるんだ」

「う……ぅ」

稲妻のように閃《ひらめ》く羞恥に打ちのめされ、和彦の唇から欷歔《ききょ》が洩れる。

見られている。東坂に尻の中をいじめられて、勃起している姿を。見知らぬ、大勢の人間に見られている。

恥ずかしい――。

息が止まりそうだった。けれど、羞恥を感じるごとに淫らな昂揚《こうよう》が増していくのもまた、否定しようのない事実だ。

「素直になれよ。気持ちがよくて、たまらないんだろう?」

朦朧《もうろう》とした頭の中に、東坂の声だけが鮮明に響く。あとは、痛いほど脈打つ欲望がすべてだった。

出したい。縛められた屹立は解放を求めて、断末魔の生きもののように震えている。脳髄までが、燃え滾《たぎ》る欲望に浸潤されていた。

　こうなっては、人一倍明晰《めいせき》な頭脳も、高い自尊心もまったく役に立たない。気づいたときには、催眠術にでもかかったかのように小さく頷いていた。

「どこが気持ちいいんだ？　言ってみろよ」

　どこって——。とうてい口にできるような場所ではなく、和彦は困惑と羞恥に目許を染めた。

　奇妙な静寂が、客席を支配している。観客たちはみな、固唾《かたず》を呑んでなりゆきを見守っていた。

「ほら、どこだよ？」

「あっあ…っ、な、か…っ」

　深く沈めた指で内奥をうねうねと掻き回されて、とっさに思いついた言葉を返した。だがそれは、東坂を満足させる答えではなかったらしい。

「どこの中だ？　ちゃんと言えよ」

「あっ、あ…っ、お尻の…中…っ」

　ふだんの和彦ならとうてい口にしない言葉だった。和彦を覗き込んでいた東坂が、意地悪く目を細める。

「ああ、ここか」

「ひ…ぅっ」

ぐりっと前立腺を抉られて、信じられないほどの喜悦に悶える。豊潤な蜜がとろりと茎を滴り落ちる感触さえ、甘い刺激となって和彦を狂わせた。

「困った淫乱だな。初めてだってのに、尻の中をいじめられるのが気持ちいいなんて」

「や…あ、ちが……あっ、あ…っ」

ひどい言葉で貶《おとし》められて、和彦は涙を零しながらいやいやと首を振った。恥ずかしい。言わないでくれ。

「このあいだ俺に会いに来たのも、俺にこうされたかったからだろ？」

「あ…ぁ」

ろくに言葉が出なくて、違う、とただ首を振る。こんなことをされたいなんて、思っていない。東坂を追っていたのは、不正を暴くためだ。

でも──本当にそれだけだろうか？

東坂と初めて会ったときの、あの不可思議な恐れと恍惚。なにもかもを暴き立てるような視線に心臓を鷲摑《わしづか》みにされて、目を逸らすこともできなかった。

あれは、こうして東坂に辱められることを期待していたからなのだろうか──？

「違わないだろ。俺の指をちゅうちゅう吸ってるくせに」

「あっ、あ…っ」

ぐるりと内奥を攪拌《かくはん》されて、和彦の思考はそこで中断された。男の指を押し包む粘膜が、むしゃぶりつくように蠢《うごめ》いている。

「さてと、そろそろ開通式といくか」

「あ、ん…っ」

柔襞を逆撫でしながら指を引き抜かれ、無意識のうちに落胆の声を上げてしまう。完全に抜き取られると、体の中に男の指の形をした空洞ができたような気がした。

「こっち見ろよ」

伏せていた視線を上げると、東坂がスラックスの前立てを開いて自身を掴《つか》み出すところだった。客席から感嘆の声が上がる。

「……！」

見せつけるようにして何度か扱いてから、東坂は隆々とそそり立った欲望に避妊具を装着した。

脅しでもはったりでもない。本当に、犯されるのだ。

逞《たくま》しい雄の昂りを目の当たりにし、切実な恐怖が込み上げてくる。東坂がベッドに乗り上げてきて、和彦は必死に身を捩った。しかし、犯してくださいと言わんばかりの姿で拘束されていては、俎板《まないた》の鯉だ。

「や……やめ」

「どうせ競り落とされたやつに、味見と称してやられたんだ。相手が誰でも同じだと思って、諦めるんだな」

慰めにもならない言葉を吐いて、東坂が伸しかかってくる。両膝を掴まれて腰を高く掲げられると、紅く咲き初《そ》めた蕾が上向きに晒された。

「……ッ」

熱い。押し当てられた昴りの熱さに慄《おのの》いた和彦をよそに、綻《ほころ》んだ花弁は嬉しげに波打って、切っ先に吸いついた。

「ひ…っ」

溢れた潤滑剤のぬめりを借りて、喘ぐように息づく蕾をぬるりと撫でられる。犯されることを恐れていたはずなのに、和彦の腰がもの欲しげに揺れた。

「焦るなよ。ちゃんとくれてやる」

「あ、う…っ」

くちゅんと濡れた音がして、ひくつく花びらのあわいに漲《みなぎ》った切っ先が突き立てられた。閉じた粘膜を強引に抉じ開けて、奥へと侵入してくる。

「あ…あ、ぁ…っ」

慣れない体が、激しい苦痛に萎縮する。初めて経験する充溢《じゅういつ》感はすさまじく、そこから真っ二つに引き裂かれてしまいそうだった。

「力抜けよ。がちがちになってると、あんたが痛い思いするだけだぜ」

「ぁ……ぁ」

なんとかして苦痛を紛らわせようと、詰めていた息をそっと吐き出す。粘膜の締めつけが緩んだ隙を逃さず、東坂がぐっと腰を押し込んでくる。

「い、や……やめ……」

「いまさらやめられるか。我慢しろ」

　傲慢な口調で和彦の哀願を切り捨て、東坂がわずかに腰を引いてから、勢いをつけて突き進んでくる。

「や…、ひ…あぁ…っ」

　繊細な襞を硬い砲身で擦り立てられて、惑乱したような嬌声が上がった。

　狭い内部を力ずくで押し開かれ、埋め尽くされていく。太い先端部分を捩《ね》じ込まれると、執拗な愛撫に蕩かされていた粘膜はもはや男の侵入を拒めなかった。

「あ…ぁ、ぁ……」

　嚙みあうように密着した部分から、自分のものではない鼓動が響いてくる。逞しいそれが、東坂に最後まで征服されたことを和彦に知らしめた。

「どうです？　味のほうは」

　待ちかねたように、客席から質問が飛ぶ。

「なかなかの名器ですよ。気を抜くと、こっちのほうが持っていかれそうだ」

　しかし、ゆったりと微笑む東坂の表情は、とても情交中の男とは思えないほど落ち着いていた。

「や…やめ……」

　両膝を抱え直した東坂が挑みかかってくるのを察し、和彦は力なくもがいた。

「やめろって言ったって、あんたが俺をがっちり喰ってるんだぜ」

「あぁ…ッ」

ほら、とわずかに体を揺すり上げられると、繋がった部分から総毛立つような快感が走った。射精を封じられた果実がとぷっと濃厚な花蜜を溢れさせる。

「かわいそうにな。真っ赤になってる」

「や……さわ…、ぁ…っ」

解放を求めて喘ぐ蜜口を擦られて、和彦の細腰がかくかくと揺れる。同じリズムで慄いた粘膜が、銜え込んだ雄芯をいっそうきつく締め上げた。

「本当に処女か？　喰いついてきやがる」

「あっ、あ…っ、や…あっ」

少し悔しげに聞こえる口調で呟いて、東坂が本格的な抽挿《ちゅうそう》を開始した。動きに合わせて手錠が擦れ、ベッドが軋《きし》む。

室内には異様な静けさが漂っていた。観客たちはしわぶき一つ立てず、ステージ上の二人の交合を喰い入るように見つめている。

東坂に貫《つらぬ》かれている場所に注がれる、無数の視線。

大勢の人間に見られながら、忌むべき相手に犯されている。そんな自分の姿を脳裡に思い描いた刹那《せつな》、これまでにない異様な昂りが和彦を襲った。

恥ずかしい姿を見られて快感を覚えるなんて、異常だ。だが、何度否定しても、体の奥の深い部分から、熱い愉悦が尽きぬ泉のように湧いてくる。

「あんたのお気に入りの場所だったよな、ここ」

「ひぅ…っ」

東坂が張り出した先端で例の場所を捉え、器用に擦り立てる。解放を赦されず、与えられる一方の快感はもはや苦痛に等しかった。

「あ、あ、やめ…っ、そこ…っ」

おかしくなる。理性や自尊心を剝ぎ取られ、自我が崩壊してしまう。そのあとに残るのは、快楽を欲するだけの浅ましい獣だ。

「嘘つきだな、あんた」

「あっ、あ……やあ、ッ」

いちばん感じる弱みを切っ先で捏ね回されて、噴き出すようにして蜜が溢れる。達きたい。こんなものでは足りなかった。射精しない限り、灼けつくようなこの焦燥《しょうそう》からは逃れられないのだ。

「してほしいことがあるなら、言えよ」

東坂が思わせぶりなしぐさで、花茎の根元を縛めているベルトをつつく。どんなささいな刺激も、いまの和彦にとっては狂おしいまでの快感に変換された。

「と…って、くれ……」

「そうじゃない。達かせてください、だ」

延々と続く羞辱《しゅうじょく》に理性は灼ききれ、思考は麻痺していた。身の裡《うち》で燃え滾る欲望に衝き動かされて、屈辱的な台詞を口にする。

「……せて、くださ……い」

「聞こえないぜ」

「あう…っ」

言うなり、お仕置きのように腰を叩きつけられた。深く沈めたまま抉り回されて、和彦の肢体がぎりぎりと撓り返る。

「い…いかせ、て…くださ…いっ」

「やっと素直になったな」

成熟した雄の色気を滴らせた貌で、東坂が唇を綻ばせる。下肢に手が伸びてきて、根元のベルトが緩められた。

「あっあっ、あー……っ」

東坂に突き上げられながら、長く堪えていた放埓《ほうらつ》を迎える。どくんと大きく弾けたあとも、放出は止まらなかった。箍《たが》が外れたように、だらだらといつまでも蜜が溢れ続ける。

「いっぱい出したな」

「ひ…っ」

どろどろに濡れそぼった花茎を扱かれて、終わらない悦楽に煩悶《はんもん》する。感じるたびに中の東坂を締めつけてしまい、いっそう自らを苛む結果となった。

「まだまだいけるだろ」

欲望を湛えた目を眇めて、東坂が不穏な台詞を吐く。和彦の手脚を縛めていた手錠を外し、自分の肩に右脚を担ぎ上げる。拘束を解かれても、もはや和彦に抵抗する力は残っていなかった。

「いやらしいな。丸見えだ」

「やっ、や…め、あ、あっ」

繋がった場所を、客に見せるためだったのだ。気づいたときにはすでに遅く、東坂が舐めるような視線で己を埋めた部分を見つめながら、律動を開始していた。

「あっ、あ…っ」

片脚を抱え上げられているせいで、さきほどとは東坂の当たる位置が微妙に変わっていた。熱っぽく出入りする動きに合わせて、ぐちゅぐちゅと湿った音が響く。

「尻を犯されるのがよほど気に入ったらしいな」

「あ、ん…っ」

両脚のあいだで揺れる果実をぬるりと一撫でされて、唇から甘い嬌声が飛び出した。放ったはずの欲望は萎えもせず、律動に合わせて揺れながら、新たな蜜を振り零している。

東坂の抽挿は容赦がなかった。最奥までいっきに貫いたかと思うと、押し止めようと収縮する襞を擦り立てながら引き抜いてしまう。そうしてまた、楔《くさび》を打ち込んでくるのだ。

「あ、あ…っ」

閉じかけた粘膜を再び抉じ開けられて、和彦はシーツを摑んで啜《すす》り泣いた。穿《うが》たれる部分はとろとろに蕩け、いまにも蜂蜜のように流れ出してしまいそうだ。

「いいって言えよ」

「い…っ、い……いい…っ」

がくがくと揺さぶられながら、気持ちがいいと訴える。自分が置かれている異常な状況のことは、和彦の脳裡から消えていた。

「いい子だな。ご褒美《ほうび》だ」

「ひゃ…ぁう」

漲った先端に内奥の弱みを抉られ、あられもない悲鳴が迸る。和彦が感じている愉悦の深さを証明するように、硬く撓った花茎からとぷとぷっと蜜が零れた。

「あっ…あ、い…い」

交尾をねだる雌猫のように、和彦の細腰が突き上がる。もはや、屈辱を感じる理性も余裕もなかった。ぐちゅぐちゅと出入りするそれに脳髄まで犯されている。

「洩れそうなくらいいいんだろ？　ここ」

「あう、う…っ、や…め、洩れちゃ…っ」

弱みをぐりぐりと抉られると、あまりの快感に洩れてしまいそうだった。

「出しちまえよ」

「いや……や……っ」

本当に失禁しそうな恐れが湧いてきて、やめてくれと訴える。三十にもなって、そんな恥ずかしい真似は絶対に嫌だ。

「いいから、出せって」

「や…め、て……や…、ああ…っ」

東坂は和彦を追いつめる動きを緩めなかった。弱みを狙って突き上げられるたび、性器の先端を東坂のまとうスーツに擦られる。

「あ…あぁ…んッ」

巧みな律動に耐えきれず、和彦はついに陥落した。二度目とは思えないほど夥《おびただ》しい量の白濁が迸る。幸い、和彦が恐れていた事態にはならなかった。

「よかったな。こっちだ」

「……は……っ」

放縦《ほうじゅう》に飛び散った体液を乳首に塗りつけられて、和彦は小さく喘いだ。とろりと滴る白い体液と、紅く尖った乳首の対比が猥りがわしい。

「俺のほうも、愉しませてもらうぜ」

「あ、っ…あっ」

絶頂に震える内奥をぬぐぬぐと突き上げられて、甘く潤んだ喘ぎが立て続けに洩れる。すでに和彦は、声を殺す努力を放棄していた。

「すごいな……あんたの中。とろとろになった襞が絡みついてくる」

「あう、う…っ」

さすがに東坂の声も熱を帯び、艶《なまめ》かしく掠れている。

例の弱みだけでなく、内奥のどこを擦られても、おかしくなりそうなほど感じた。内側から性感を煽られているせいで、花茎は萎えることがない。一突きされるごとに悦楽に打ち震えて、蜜を撒《ま》き散らす。

「い…や、も…う」

「また達くのか？　ん？」

和彦の淫らさを詰《なじ》りながらも、東坂はなぜか嬉しそうだった。射精を促すように、尖りきった乳首をまさぐりながら、小刻みに弱みを突いてくる。

「あっ…あ、や…そこは、もう…っ」

「だったら、もっと奥がいいのか？」

「あ…あ、ん…ッ」

熟れた果肉を押し潰すような音がして、一息に最奥まで貫かれる。熱を生むほどの摩擦にたまらず、和彦はまた達していた。

「あ…っ、あ…っ」

体の中を押し広げるようにして、打ち込まれた楔がぐうっと容積を増す。薄いゴム越しに、東坂が欲望を吐き出す感触があった。

「あ…ぁ……」

だらだらと長引く絶頂に震えながら、絶望的な気分に襲われる。

あたりまえに信じていた世界が崩壊したかのような、激しい喪失感。

いや、世界が変わったのではない。自分が変わったのだ。唾棄《だき》すべき男に大勢の前で犯されながら、快楽に打ち震えたのだから。

射精を終えた東坂がゆっくりと抜け出していき、内奥が名残惜しげに蠢いた。悦楽に痺れた花弁はすぐに口を閉じられず、紅く濡れた内部を露呈《ろてい》している。

「いやあ、いいものを見せてもらった」

「さすが東坂さんだ」

観客のあいだから拍手と歓声が湧き起こる。和彦は茫然自失の態《たい》でベッドに横たわり、口々に東坂の技巧を褒めそやす観客の声を聞いていた。

悪い夢を見ているのではないか。

――そうだ。これが現実のはずがない。

もうなにも考えたくないし、考えられなかった。疲労と睡魔が、抗《あらが》いがたい波となって押し寄せてくる。

「素晴らしいショーでしたよ、東坂さん」

ステージそばに控えていた浦上が近づいてきて、東坂を労《ねぎら》う。

「ご満足いただけて、光栄です」

東坂の声を聞きながら、ゆっくりと意識を手放していく。

眠りが与えてくれる安息こそが、いまの和彦に赦された唯一の救いだった。


きっと夢を見たのだ。救いがたい悪夢を。

目が覚めたら、いつもどおりの朝が来て、これまでと変わらない毎日がはじまる。

しかし和彦の願いも虚《むな》しく、目を開けて最初に見えたのは、自宅のものとは異なる天井だった。

ここはどこだろう。まだ半ばまどろみに囚われた意識で、ぼんやりと部屋の中を見渡す。アイボリーとダークブラウンでまとめられた部屋は家具が少なく、生活感がない。どこかのホテルだろうか。

ベッドの中が、やけにあたたかかった。まるで人肌のぬくもりに包まれているかのようだ。

人肌――？　違和感を覚えた和彦は、隣を見遣って愕然とした。

「っ……」

慌てて飛び起きかけたが、腰の奥がずきりと軋んで、ベッドに逆戻りする。まったく体に力が入らなかった。

早く逃げなければ。東坂が目を覚まさないうちに。

痛む体をかばいながら、今度は慎重に起き上がる。なにも着ていないことに気づいてまた固まっていると、東坂が寝返りを打った。

「ん……?」

大人の男二人が寝てもまだ余裕のあるベッドだったが、和彦が身じろいだ気配が伝わったのだろう。東坂が低く呻《うめ》いて目を覚ます。

「なんだ。もう起きたのか」

ベッドサイドの時計を確かめて、「まだ七時じゃないか」とぼやく。くあ、とあくびをするしぐさは、大型の肉食獣のようだ。

「……ここは……」

「俺んち」

短く返して、東坂がベッドに起き上がる。なめらかな筋肉が隆起した肩から二の腕、張りつめた胸と引き締まった腹部。シーツの海から彫像のように完璧な体軀が現れ、和彦は慌てて顔を背けた。

羞恥心が欠如しているのか、それともよほど自信があるのか。東坂は惜しげもなく裸体を晒し、ベッドを抜け出した。

「あのあと、あんたをうちに連れ帰ったんだ。失神してたから、覚えてないだろうけど」

あれは、夢ではなかったのか。

東坂のあとを追って怪しげなビルに潜入し、捕らわれてオークションにかけられ、観客たちの前で東坂に――。

　昨夜の出来事が、切れ切れの映像となってフラッシュバックする。観客の舐めるような視線と嘲笑、信じがたいほど淫らな行為の数々。そして、自分が晒した痴態《ちたい》もだ。

　それらが夢ではなかった証拠に、体中が重くてだるい。手首には、手錠に擦れてできた痕が残っていた。まだ確かめていないが、足首にもあるだろう。

　けれど、いちばんつらいのは体の痛みではない。憎い男に観客の前で犯され、無理やり快楽を引きずり出されたことだ。

「お堅い検事さんが、あんなに乱れるとは思わなかったな」

　俺のスーツがどろどろになっちまった、と東坂がいやらしく含み笑う。浅ましく乱れた自覚があるだけに、否定できなかった。

「よくも、あんな……」

　射殺《いころ》さんばかりに睨みつけると、バスローブを羽織った東坂が「おっかねぇなあ」と肩を竦めた。

「俺が買わなきゃ、あんたみたいな綺麗な男が好きな、変態親父に買われてたんだぜ。監禁されて一生を終えるか、過激プレイの最中に殺されるか、どっちかだ。むしろ、俺に買われたことを感謝するんだな」

「感謝なんて、できるわけがないだろう！　おまえに触られるくらいなら、死んだほうがましだ…っ！」

変態的な嗜好の持ち主に買われて殺されるのも、観衆の面前で東坂に辱められるのも、さほど大差があるとは思えない。昂る感情に任せて言い放った刹那、東坂の双眸が不穏に耿《ひか》った。

「ずいぶん嫌われたもんだな。昨夜は俺に犯されて、大喜びしてたのに」

「ッ……」

犯す、という単語に生々しい感覚を触発され、腰の奥がひくんと慄いた。

「だいたい、死んだほうがましってのは、生きてるからこそ言えるんだぜ。死んだあとじゃ、後悔もできないからな」

東坂の言葉には、ただの脅しではない重みがあった。恐らく、和彦には想像もできないような修羅場を経験してきたのだろう。

けれど、東坂に屈するのは和彦のプライドが赦さなかった。和彦には検事として、守るべき正義がある。

「脅しても無駄だ。昨夜見たことを黙っているつもりはない」

「——命を失うことになってもか？　よけいな好奇心を発揮すると命取りになるって、昨日わかっただろう？」

和彦の強がりを嘲笑うように、東坂が唇を歪める。凍てつくようなまなざしには、人殺しさえためらわない非情さがあった。

この男は、骨の髄までヤクザなのだ。

以前オフィスで向かいあったときよりも、深い恐れが和彦の背筋を震わせた。

昨夜、ほかの客たちがおとなしく引き下がったのは、東坂の素性を知っていたからではないのか。報復を恐れて、東坂に逆らわなかったのだとしたら――。改めて東坂の持つ力を見せつけられる思いがした。

「あんた、あの福嶋正興の息子なんだってな」

「……」

不意打ちだった。思いがけない話題を持ち出され、頰がぴくりと引き攣る。とっさに否定できなかったことで、図らずも東坂の言葉を肯定してしまった。

「……だから、どうだと言うんだ？」

なにが目的だ。東坂の真意を警戒しながら、和彦は慎重に訊ねた。

「あんたのことは調べさせてもらったぜ。生い立ちから学生時代のエピソード、検事になってからの仕事ぶりも、ぜんぶ」

東坂のような連中は、ありとあらゆる情報を手に入れるすべを持っている。和彦の身辺調査をするくらい、朝飯前に違いない。

「それで？　私を脅すつもりか？」

「まさか。まあ、昨夜のことはビデオに撮ってあるけどな」

念のための保険として――嘯《うそぶ》く東坂を凝視していた和彦の視界が、怒りのあまり真っ赤に染まった。

「……ヤクザめ…っ」

「他人の弱みにつけ込むのが、俺たちの仕事だからな」

怒りに打ち震える和彦を、東坂は鼻で嗤った。

「だいたい、いかにもプライドが高そうなあんたが、男に犯されたなんて言えないだろ？」

性格を見抜かれて、掌に爪が喰い込むほど強く拳を握り締める。そのとおりだ。同性愛的な嗜好をひた隠しにしてきた和彦が、男に犯されたと打ち明けられるはずがない。しかも、相手はヤクザだ。昨夜のことが周囲に知られたら、検察にはいられなくなる。

「なにが賢明な方法か、あんたならわかるはずだ。それに、昨夜のことをべらべらしゃべられると、あんたをかばった俺の立場が悪くなるんでね」

かばった？　そういえば東坂は結局、和彦の正体をばらさなかった。

だが、人前で無理やり犯すことが、かばったことになるのか？　東坂が自分を助けてくれたとは、とうてい思えなかった。自分を買ったのは、たんに辱めたかっただけではないのか。

そうだとしても、ぽんと一億も出すだろうか。常識では推し量れない相手だが、あまりに酔狂だ。考えるほどにわからなくなり、和彦は混乱した。

「かばった……？　どうしてだ？」

「――さあ。どうしてだろうな」

東坂がふっと遠いまなざしになった。和彦の質問をはぐらかしたというより、自分の裡にある答えを探しているようだ。

「あんたが、腹の出っ張った醜悪《しゅうあく》な親父に犯されるのを指咥えて見てるのが、業腹《ごうはら》だったからかな」

人を喰ったような貌で本気かどうかわからないことを言い、東坂は「とにかく」と続けた。

「あんたは俺が買ったんだ。そのことを忘れるなよ」

「買ってくれと頼んだ覚えはない」

東坂の傲慢な言いようが我慢ならなかった。一億といっても、どうせ不正な手段で稼いだ金に決まっている。

「ったく、口の減らない」

低く舌打ちし、東坂が腕を伸ばしてくる。疲労した体は水を吸った綿のように重く、和彦の意志どおりには動いてくれない。あっけなく肩を掴まれて、ベッドに押し倒された。

「や、やめろ…っ」

起き上がる間もなく、東坂が伸しかかってくる。シーツ越しに感じる、厚みのある体躯。雄としての圧倒的な力の差を見せつけられ、征服された記憶が蘇《よみがえ》る。

「俺に触れられるのも、穢らわしいって貌だな」

必死に抗う和彦の両手をなんなく一掴みにすると、東坂は片手でアッパーシーツを捲り上げた。なに一つ身につけていない和彦の肢体が、男の眼下に晒される。男の体躯が割り込んできて、脚を閉じられなくなった。

「あんたがぐったりしてるあいだに、俺が薬を塗ってやったんだぜ——ここに」

「……っ」

両脚の付け根のさらに奥に、東坂の指先が忍んでくる。熱を持って疼いている花弁は、いっそう敏感になっていた。

「覚えてるだろ？　ここに俺のを銜え込んで、何度も達きまくったこと」

あんなこと、忘れてしまいたい。顔を背け、ぎゅっと目を閉じる。できることなら、東坂にまつわるすべての記憶を抹消したかった。

「みんな見てたぜ。あんたが、尻の中が気持ちいいって言ったのも、洩らしそうって泣いたのも。すごい淫乱ぶりだったな」

「や、め……あっ」

両脚を大きく開かれ、とんでもない場所を観察される。視線に犯された窄まりが、羞《は》じらうように波打った。

「傷はついてないが、まだちょっと腫《は》れてるみたいだな。もう一度、薬を塗ってやるよ。今度はちゃんと奥まで」

「な……なにを……」

意味深な目つきをした東坂の表情に危険なものを覚える。

自分の下から逃れようとする和彦を片手で押さえつけると、東坂はベッドサイドからチユーブを取り出した。半透明のクリームを掌に搾《しぼ》り出し、バスローブのあいだから摑み出した自身にぬちゃぬちゃと音を立てて塗りつける。

「……、……」

瞬く間にそそり立っていく雄の欲望を見せつけられ、和彦は息苦しいような感覚を味わった。

おぞましくて怖くて、いますぐ逃げ出したいのに、どうしてぞくぞくするのだろう。東坂から目を離せない自分が、不可解だった。

「ぁ…っ」

くるりと体を裏返しにされ、獣が服従するときのポーズで、背中を押さえつけられる。

「おとなしくしてろよ……」

昏《くら》く、甘い声音。情欲を湛えたそれにぞくりとしたとたん、大きな手に腰を抱え上げられた。

「ぁ…っ」

綻んだままの花弁を掻き分けて、灼熱の楔が潜り込んでくる。たっぷり塗りつけられた薬剤が、ぬちゅっと濡れた音を立てた。

「っ、は……っ、ふ……」

熱くて、硬くて、——大きい。

頭の芯まで、東坂が突き刺さってくるようだった。昨夜とは違い、粘膜が直接触れあう感覚が生々しい。

「すっかり銜え慣れたみたいだな。あんたは嫌がってても、こっちは大歓迎だ」

「あ、う…っ」

太い雄芯を頬張り、限界まで薄く張りつめた花弁をなぞられる。東坂に見られているのだと思うと、くらりとするような羞恥とともに異様な昂揚が生じた。

「ぁ、ん…っ」

前に廻ってきた手に、熱を孕んでいた果実を包み取られる。

信じられなかった。後ろを刺激されただけで、反応しているなんて。当惑する和彦をよそに、男の掌に包まれた花茎はいっそう硬く膨《ふく》らんでいく。

「ここも感じてるんだろう？」

「あぅ…っ」

シーツに突っ伏した上体をまさぐられ、凝った乳首を摘み上げられる。つきんと甘い痛みが脊髄を駆け抜け、和彦の細腰が淫らに慄く。同時に収縮した粘膜に絞り上げられ、埋め込まれた雄蕊《ゆうずい》が容積を増した。

「や…どうし、て……」

「あんたの体がいいからに決まってるだろ」

過敏な粘膜で東坂の変化を感じて目を瞠ると、いまいましげな声が落ちてきた。そんなこともわからないのかと言いたげな口調だ。

「あんたを見てると、ぞくぞくする。綺麗で、気が強くて、そのくせ感じやすくて……いじめて、泣かせてやりたくなる」

「あ、ふ…っ」

言いがかりはよせと言いたいのに、骨がぶつかるほど腰を叩きつけられて、喘ぎ声しか出てこない。体は和彦の意志を裏切り、東坂がもたらす悦楽を従順に受け入れていた。

「最初に会ったときに、わかった。あんたはプライドが高い反面、臆病なんだ。だから、この綺麗な体を触らせてこなかったんだろ？」

図星だ。同性愛的な嗜好を押し隠し、欲望を抑圧してきた。同性愛者の烙印《らくいん》を押されてまともな社会から放逐《ほうちく》されることを、和彦はなにより恐れていたのだ。

「これからは俺が、たっぷり可愛がってやるよ」

「ぁ、ッ」

大きな掌に、ささやかな丸みを持った双丘を鷲掴みにされる。両手で揉《も》み込まれ、中央に寄せるようにされると、東坂の形にぴっちり添った粘膜が複雑に捩れた。

「こうやって動くように仕込んでやる。ここに入れられるのが好きで好きでたまらない体になるぜ」

「あっ、あ……や、あ…っ」

双丘をいやらしく揉みしだかれながら、窄まった粘膜を突き崩すように抉られる。鮮烈な快感が立て続けに生じ、和彦はシーツを握り締めて啜り泣いた。

「そうすりゃ、ここから出せなくても達けるようになる。女のように、達きっぱなしだ」

「や…あ、んっ」

とろりと濡れそぼった果実を扱かれて、やめてくれと髪を左右に打ち振る。

いまでさえおかしくなりそうなほど気持ちがいいのに、そんなことになったらどうなってしまうのだろう。体の中を抉られ、擦られることでしか、快楽を得られなくなるのではないか。

本当に東坂の女にされてしまうようで、怖かった。だが、ぞくりと背中を震わせたのは恐れだけではない。それは、屈辱と背中合わせの被虐《ひぎゃく》的な昂りを内包していた。

「これからは、俺が呼び出したらいつでも来い。あんたは股開いて、あんあん言ってりゃいいんだよ」

「あッ、あ…ッ」

ぶつかった肌が音を立てるほど激しく、東坂が突き込んでくる。密着したまま最奥を捏ねられると、溶け出した薬剤が淫猥な水音を立てた。

「種つけしてやる。俺のものだっていう徴《しるし》だ」

「な……あ、あっ、や…っ」

前のめりになって逃れたが、背後から腰を捉えられ、東坂のほうへさらに引き寄せられた。

「ひゃ…あっ」

おかしくなりそうなほど感じる場所を、張りつめた先端で抉られる。激しすぎる快感に視界がちかちかと明滅《めいめつ》し、和彦の細腰が絶頂を求めて突き上がった。

「もう達きそうなんだろ？　ほら、達けよ」

「い…や、あ、い…っ」

達く、と言い終わらぬうちに、和彦の体が極まりに痙攣する。両脚のあいだで熟した果実が爆《は》ぜ、豊潤な果汁を撒き散らした。

「……っ」

喉に絡んだような艶かしい呻きがして、最奥の東坂がさらに膨張した。和彦の体ごと揺すり上げるようにして楔を打ち込み、奥の奥まで突き上げる。

「あっ、あっ、あ…っ」

最奥で東坂が弾け、灼熱の飛沫《ひまつ》が打ちつけられる。もっと奥まで侵略しようというように、東坂は射精のあいだも抽挿をやめなかった。

体の中にじんわりと広がる、熱。

穢された。体の奥まで、東坂に。

体の中を強制的に濡らされる感覚に、全身がそそけ立つ。細胞の一つ一つにまで、東坂の熱が浸潤してくるようだった。

和彦の中に居座ったまま、東坂が上体を伏せてくる。位置が変わったそれにぬるりと内奥を擦られて、和彦は小さく呻いた。

「あんたは、俺の獲物だ」

傲慢な台詞とともに、男の犬歯が耳朶《じだ》に喰い込んでくる。

本当に自分が、肉食獣に屠《ほふ》られる寸前の獲物になったような気がした。柔らかな首を晒し、鋭い牙で息の根を止められるのを待つばかりの。

ぞくり、とした。

無理やり捩《ね》じ伏せられ、心の奥底に秘めていた昏い欲望を白日の下に晒される、羞恥と屈辱。

東坂に踏み躙《にじ》られる自分の姿を意識することが、和彦の体をいっそう熱くさせる。

「あんたが俺のものだって理解できるまで、可愛がってやるよ」

和彦の支配者となった男が尊大に告げる。

蜜の中でもがくような、長く濃密な時間のはじまりだった。

4

「では、こちらの振り込みはいかがでしょう？　同じ日に同じ金額が、『みどり開発』を経て、『二十一世紀の政治を考える会』に入金されているのですが」

「さ…さあ。それもよく覚えていません。なにぶん二年もまえのことですし……」

和彦から預金口座の写しを突きつけられ、机を挟んで向かいあう男がしどろもどろになった。空調が効いているにもかかわらず、その額にはうっすらと汗が滲んでいる。

特捜部は一連の内偵で、南山建設が『二十一世紀の政治を考える会』などの政治団体を通して、政治家に献金していた事実を摑んだ。実質はダミー団体を通した南山建設からの献金であり、他人名義の献金を禁じた政治資金規正法違反に当たる。

不正献金を受けた政治家もすでに数名判明しており、特捜部はまず南山建設の脱税事件を立件してから、政治家への不正献金事件に切り込む方針でいる。

その第一のターゲットが、多額の献金を受けた野党の幹事長だ。

幹事長は地元選挙区の公共事業に強い影響力を持っており、もし献金と引き換えに公共事業受注の便宜《べんぎ》を図ったのであれば、政治資金規正法違反より重い、あっせん収賄罪に問われる可能性がある。

現役政治家、それも野党の幹部が逮捕されるような事態になれば、政治情勢に影響を与えることは必至だ。検察による政治介入だと批判されないためにも、捜査は慎重に進めなければならない。

南山建設の強制捜査に向けて容疑の裏づけを進める中、和彦も連日のように関係者の事情聴取を行っていた。

いま向かいあっている男は南山建設の子会社の役員で、政治家への献金に携わっていたことがわかっている。世間話には応じても肝心なことはなかなか話してくれなかったが、事情聴取を重ねるにつれ、心の裡に迷いが生じてきたようだ。

「平田《ひらた》さん」

いくぶん語調を和らげて、和彦は役員に話しかけた。

「平田さんのお立場は、私も理解しております。長年勤めていらした会社ですから、愛着も義理もおありでしょう」

「……はあ」

心許なさそうに頷き、役員は薄くなった額に滲む汗をハンカチで拭《ぬぐ》った。

「なにも、平田さんを個人的に糾弾《きゅうだん》しようというのではないのです。南山建設が、どのようにして政治家に献金を行ってきたのか、そこに不正があったのか、なかったのかを知りたい。そのためにも、平田さんに真実をお話ししていただきたいのです」

熱心に掻き口説くと、役員の視線がためらうように揺れた。良心の呵責《かしゃく》と会社への忠誠のあいだで葛藤《かっとう》しているのだろう。あと一押しと見て、畳み掛ける。

「ご家族に迷惑をかけたくないと思われるのは、当然です。しかし、真実を偽ったままでは、晴れやかな気持ちでご家族と向きあえないのではありませんか？」

「……そうかも、しれませんね」

「ご家族のためにも、どうか話していただけませんか」

緊張を孕んだ沈黙が落ちる。和彦も永井も息を潜めて、役員が口を開くのを待った。

「検事さんの、おっしゃるとおりです」

しばらくして、役員が硬い面持ちで口を開いた。

「それは、南山建設から御社、さらに関連会社の『みどり開発』などを経て、政治団体に資金が流れていたということですか？」

「はい」

ついに心を決めたらしく、役員は伏せていた視線を上げてはっきりと頷いた。

あとは和彦が促すまでもなく、表向きは社員やその家族が会費を政治団体に納める形を取っていたことなど、不正献金のスキームについて説明する。和彦の質問に対しても、誠実に答えようとしているのがわかった。

「ご足労いただき、ありがとうございました」

「これで、気持ちがすっきりしました」

事情聴取を終えた役員は晴れやかな貌で和彦に挨拶し、永井に伴われて出ていった。

和彦もまた緊張が解け、ほっと息をつく。ようやく証言が得られた喜びと充実感があった。すでに出ている関係者の証言からして、脱税した資金を献金に回していたことは間違いないだろう。

部屋の外の空気が吸いたくなり、和彦は席を立った。

コーヒーでも買おうか。自販機コーナーの前で立ち止まったとき、なんの前触れもなくポケットの中で携帯電話が震え出した。

とたん、ぎくりと体が強ばる。いまの和彦にとって、携帯電話の振動音はもっともいまわしいものだった。

無視すればいい。仕事に追われて、メールに気づかなかったと言えばいい。

だが、あとでどんな仕返しをされるかわからない相手だ。仕方なく携帯電話を取り出し、フリップを開く。

案の定、東坂からのメールが届いていた。仕事のあとに来いというメッセージと、待ち合わせ場所を記しただけのシンプルな内容だ。けれど、それが和彦に与えたダメージは甚大《じんだい》だった。コーヒーを飲む気が失せ、自販機の傍らにあるソファにどさりと身を投げ出す。

あのオークションの日から、すでに二週間あまり。いまだに東坂との関係は続いている。

拒絶できるものなら、そうしている。拒絶することも逃げ出すこともできないのは、東坂に致命的な弱みを握られているからだ。

検事という職業や、福嶋正興の庶子《しょし》といった出自に関係する事柄だけではない。オークション風景を撮影したという東坂の言葉は、はったりではなかったのだ。

東坂のマンションから帰った三日後、さっそく呼び出しがあった。ホテル名と部屋番号とともに、今夜来いというメッセージが携帯電話に残されていたのだ。

捕らえられたときに奪われた財布や携帯電話は、東坂の手を経て返却されたから、そのときに番号とメールアドレスを調べたのだろう。もっとも東坂なら、和彦の預金口座の暗証番号でさえも調べ上げるに違いない。

もう二度と、会いたくない。呼び出しを無視していると、今度はメールが送られてきた。添付されていた画像を目にし、息が止まりそうになった。恍惚と目を閉じ、唇を薄く開いた自分の貌。頬にはそれとわかる白いものが飛び散っている。ただ眠っているだけではないことが一目でわかる画像だった。

和彦の動揺を見計らったように、また新たな画像が送られてきた。また一枚、また一枚と。中には東坂が写ったものもあったが、貌がわからないよう加工が施されていた。じわじわと和彦を追いつめる、狡猾《こうかつ》なやり方だった。要求に従わなければ、これらの画像を公表するという脅しなのだ。

あのときの自分は、どうかしていたとしか思えない。自分でありながら、自分ではなかった。身の危険を感じるほどの異常な状況に陥《おちい》ったがために一種の自己防衛本能が働き、快楽に逃避したのだろう。

そうでなければ、忌み嫌う男に犯されて、快感を覚えるはずがない。しかも、観衆の面前で。

あれは日常とはかけ離れた、あまりに倒錯した、異様な出来事だった。

裸に剝かれ、家畜のように品定めされて。人としての尊厳など、あったものではない。

しかも、女のように犯されて、男としてのプライドも踏み躙られた。

浅ましくよがり、命じられるままに卑語を口にし、自ら腰を振ってねだり――。東坂の愛撫だけでなく、淫らさをあげつらう言葉にも快感を煽られた。

まるで色狂いの淫乱だ。いまわしいまでの悦楽に陶酔した自分を、和彦は決して認めることができなかった。

そのあと、東坂のマンションに閉じ込められたときもだ。

『あんたが俺のものだって理解できるまで、可愛がってやるよ』

言葉どおり、東坂は徹底的に和彦を陵辱《りょうじょく》した。過度の悦楽に意識を失っては、突き上げられる動きにまた意識を引き戻されて――何度犯されたか、わからない。

日曜の夜になってようやく解放され、自宅に送り届けられた。自宅の住所を教えていないにもかかわらず。

和彦が住んでいるのは官舎ではなく、一般のマンションだ。遺産がわりにと父に押しつけられたのだが、あのときほど同僚の目がある官舎に住んでいなくてよかったと思ったことはない。

ともかく、いずれも尋常な状況ではなかった。逃げられなかったのだから、仕方がない。

だが、いくら言い訳してみたところで、画像が存在する以上は東坂の呼び出しを無視できなかった。

今度こそ東坂に屈するものか。あの男に、隙を見せてはならない。

自らを奮《ふる》い立たせて待ち合わせ場所のホテルに赴《おもむ》いた和彦は、画像を処分するよう東坂に迫った。

『まだわかってなかったのか。あんたは俺のものだって教えてやっただろ』

諦めが悪いな、と東坂は嗤笑《ししょう》すると、和彦の必死の抵抗をいともたやすく捩じ伏せた。

ベッドに放り投げられ、衣服を剝ぎ取られ――観客がいない以外は、一度目と同じだった。

身も世もなく喘がされ、気が狂うほどに焦らされて、『女』に貶められる。最奥に所有の楔を打ち込まれ、欲情を叩きつけられて、喜悦の声を上げる生きものに。

灼けつくような屈辱と引き換えに与えられる、絶大な快楽――。

そんなことが、これでもう三回続いている。行為の回数だけなら、もうカウントしきれないくらいだ。

今夜もまた東坂のいいように弄《もてあそ》ばれるのか。ひどく気が滅入《めい》り、体までがずしりと重くなった。

東坂のことだ。和彦が要求に従わなければ、映像をネットにばらまくくらいのことはするだろう。自分の浅ましい痴態が、不特定多数の人々の目に触れる――考えただけで、体が震えた。

検事を辞めることになるだけではない。父にまで影響が及ぶだろう。いくら複雑な感情を抱えているとはいえ、反抗期の子供ではあるまいし、父に迷惑をかけたくなかった。

なんとかしなければ。

気持ちが焦るばかりで、どれほど考えても東坂をやり込めるような、はかばかしい手段が思い浮かばない。

非合法オークションの存在を告発したいが、そんなことをすれば東坂から報復を受けるのは確実だ。和彦の立場上、同性から性的な暴行を受けたと訴え出ることもできなかった。

和彦の代金として東坂が支払ったのは、一億。

それだけの金を返せと言われても、和彦には無理だ。むろん、非合法オークションなどという違法行為によって生じた金を支払う義務はないし、金を支払ったからといって東坂から解放される保障もない。

どうすればいいのだろう。自分がどんどん追いつめられていくのがわかる。仕事が忙しいうえに、あれからよく眠れないし、食欲もない。

オークションにいあわせた客の中に、自分のことを知っている者がいたのではないか。すっかり疑心暗鬼に陥り、通勤電車に乗っていても、同僚と話していても、落ち着かなかった。

不可解なのは、東坂が和彦の体を弄ぶだけでなんの要求もしてこないことだ。和彦を通じて父になんらかの働きかけをするか、最悪の場合には捜査情報を提供させられるのではないかと警戒していたのだが、いまのところ東坂はそんなそぶりを見せなかった。

東坂の意図がわからない。わからないことが、和彦の恐れを増幅させていた。

東坂を激しく嫌悪する一方で、力ずくで捩じ伏せられ、猛った楔を打ち込まれて歓喜する自分がいる。それが、和彦には耐えがたかった。苦痛しか感じなければ、まだ救いがあるのに。

このままでは心と体が乖離《かいり》して、自分が壊れてしまいそうだ。

そうしたら、ビルの地下で繰り広げられた、あの熱く淫らな世界に閉じ込められて、もう二度と現実に戻れなくなる――。

ぞっと身震いし、和彦は自分で自分の体を掻き抱いた。

いつまで東坂の言いなりになればいいのだろう。弱みを握られている以上、あの男に従うしかないのか。

いまの和彦は、出口のない迷路に迷い込んだ無力な子供のような気分だった。


その夜、東坂に呼び出されたのは、以前事情聴取に訪れたオフィスだった。

これまではホテルだったのに、どういう風の吹き回しだろう。訝《いぶか》しく思いながらも、和彦は仕方なく仕事を切り上げて日比谷のオフィスビルに向かった。

夜の八時とあって、社員の姿はまばらだ。彼らの一人に案内されて、東坂の役員室に足を踏み入れる。

「それくらい儲《もう》けさせてやれば、向こうも文句はないだろう」

ドアを開けるなり、東坂の声が聞こえてどきりとする。

東坂は革張りのハイバックチェアにもたれ、携帯電話で話していた。和彦をちらりと一《いち》瞥《べつ》しただけで、通話を続ける。

光沢のあるチャコールグレーのスーツに、涼しげなブルーのシャツ。ネクタイを緩めた胸許からは、よくなめした革のような肌が覗いている。危うく視線を吸い寄せられそうになり、和彦は顔を逸らした。

「あとは任せたぜ。……わかったよ、はいはい。小言を言うな」

東坂が嫌そうに顔をしかめ、通話を終える。東坂に小言を言うとは、命知らずな人間がいたものだ。

「また悪事の相談か」

「ああ。予定外の出費をしちまったからな」

それが和彦の代金を指すのは、思わせぶりに目を細めた東坂の表情から明らかだった。なにも、一億円で自分を買ってくれと頼んだわけではない。むっとしたが、和彦は努めて冷静に返した。

「予定外の出費までして、いったいいつまでこんな馬鹿げたことを続けるつもりなんだ？」

「あんたを飼い慣らすまで」

和彦の神経を逆撫でするような答えだった。東坂の漆黒の瞳は、悪戯《いたずら》を仕掛けた子供が相手の反応を窺うときのような、生き生きとした好奇心に輝いている。

「ふざけるのもいい加減にしろ…！　人のことを、いったいなんだと思ってるんだ」

我慢できなくなり、つい声を荒らげてしまう。周囲からは氷のようにクールだと思われている和彦だが、どうしてか東坂の前では感情を抑えられなかった。

「あんまり大声出すなよ。空きっ腹に響く」

椅子から立ち上がり、東坂がいかにも空腹だというそぶりで引き締まった腹部を撫でる。

「あんたも腹減ってるから、そんなにかりかりしてるんだろ？　メシに行こうぜ。この近くに、いい店が……」

「断る」

即答していた。わざわざ時間を割いて、東坂となど食事をしたくない。

「好き嫌いでもあるのか？」

「そういう問題じゃない。おまえと食事をしたくないだけだ」

疲れていたこともあって、東坂の的外れな言葉に和彦はますます苛立った。へらへらしていた東坂も、和彦の邪険な口調にはむっとしたらしい。

「なんだよ、機嫌悪いな。そんなこと言うなら、検察庁から出てきたあんたを車で拉致って、レストランに連れてきゃよかった」

ドアの前で立ち尽くしていると、東坂が大股で近づいてきて、腕を掴もうとした。

「触るな……！」

「ッ」

反射的に東坂の手を振り払った弾みに、指先が肌を掠めた。がりっという嫌な感触が伝わってくる。

「……ぁ」

見る間に、東坂の右手の甲に紅い筋が細く浮かび上がる。自分の行動がもたらした予想外の結果に驚き、和彦は呆然と目を瞠った。

「懐かない猫みたいだな、あんた」

引っ掻き傷を確かめ、東坂がいまいましげに呟く。舌先でぺろりと血を舐め取る獣じみたしぐさに、野性的な色香が漂う。

「甘やかしすぎたか」

東坂の目が剣呑な光を帯びる。ふだんの飄々《ひょうひょう》とした表情に隠されていた獰猛《どうもう》な本性が、いっきに表出した印象があった。

――怒らせた。

反射的にあとずさったが、すぐ後ろはドアだった。東坂に腕を捉えられて引きずられ、ソファに突き飛ばされる。

「あんたには、躾が必要なようだ」

体勢を立て直す暇もなく、東坂が伸しかかってくる。がっしりとした男の体軀は、見かけよりもずっと重い。簡単に両手首を摑まれて、力の差を思い知らされた。

「まだわからないなら、何度でも教えてやるよ。あんたが、俺のもんだってことを」

「…っ」

ワイシャツごと乳首を摘まれて、息を吞む。無用な器官だった小さな突起は、東坂によってすっかり性感帯の一つに変えられていた。

だめだ。また感じてしまう。布越しに触れられているだけで妖しい痺れが駆け抜け、和彦は狼狽《ろうばい》した。

「は…離せ…、……あ、うっ」

突起の先端を引っ搔かれて身を縮めた隙に、ネクタイを奪われた。ワイシャツのボタンを外して、東坂が胸許に手を差し入れてくる。

乳首に触れられて、全身がぞくぞくっと震えた。乳首の先端が鈍く疼き、瞬く間に凝っていく。自分でも嫌になるほど正直な反応だった。

「あんたとは違って、こっちは素直だな」

「ひ、…っ」

ワイシャツをさらにはだけて、もう一方の乳首に東坂が吸いついてくる。凝った芯を吸い出すようにされると、和彦の体が網にかかった魚のように跳ねた。

まったく触れられていない下肢までもが、ふしだらな反応を示しはじめる。東坂に気づかれるのではないかと、気が気ではなかった。

「……く…っ」

唇を嚙み締め、喘ぎを殺す。終業後とはいえ、ここはオフィスだ。残っている社員に、気づかれたら――。

だが、東坂の指が、舌が蠢くたびに理性が削《そ》がれ、快感に体が溶けていく。

そうして、あの夜に引き戻されるのだ。大勢の視線に晒されながら、異常な悦楽に酩酊《めいてい》した、初めての夜に。

「い…やだ、やめ…ろ…っ」

決壊しそうになる理性を必死で繫ぎ止め、自分を押さえつけている東坂の手を振りほどこうともがく。

「強情だな」

低く呟くと、東坂は和彦を俯せにして押さえ込んだ。床に落ちていた和彦のネクタイを拾い上げる。

「や…やめろ！」

「うるさい」

渾身の力であがいたが、両手を背後に捻じ曲げられて、ネクタイで縛められてしまった。さらにベルトを外され、果物の皮を剝くようにして下着ごとスラックスを引きずり下ろされる。

「……、っ」

恥ずかしさに身じろぐ間もなく、クリームのようなものを窄まりに塗りつけられた。逃げを打つ腰を押さえつけられ、繊細な襞の一枚一枚に塗り込められる。

「ぅ……」

たっぷりと濡れた指がなめらかに突き入ってくる。痛みはなかった。何度も東坂の欲望を打ち込まれたその場所は、男からもたらされる快楽に馴致《じゅんち》されている。

「あんたの体、女よりいいぜ。弾力があってきついのに、感じてくるととろとろに蕩けて絡みついてくる」

「う…るさ……」

耐えがたい侮辱だった。いつも東坂はあざとい台詞で、和彦の男としての矜持《きょうじ》を的確に突き崩す。

「っ、く……」

唇を噛み締めて、内襞をぬるぬると擦られる動きを堪える。クリームを塗りつけられた部分が、じんわりと火照るような熱を生んだ。

――なんだ……これは……。

これまでとは異なる感覚に戸惑っているうちにも、火をつけられたように熱くなっていく。しかもそれは、恐ろしく淫らな疼きを伴っていた。

「……な……どうして……」

「火照ってきただろ?」

疼きを掻き立てるように粘膜をぐるりと掻き回してから、東坂が指を引き抜いた。摩擦されていっそう熱を帯びた柔襞が、名残惜しそうにざわめく。

「副作用はないから安心しろ。ちょっと感度がよくなるだけだ」

ほくそ笑む東坂の言葉に、和彦は慄然《りつぜん》とした。恐らく、性感を煽る媚薬のようなものなのだろう。

「オークションのときに使えばよかったな。ま、こんなもん使わなくても、あんたは大喜びしてたが」

「冗談じゃ、ない……っ」

声を上げただけで、下腹部までつきん、と甘い刺激が走った。呼吸するごとに異様な疼きが体中に拡散していき、視界までが熱を持つ。

いったんソファから離れた東坂が、デスクから小箱を携えて戻ってきた。中から現れたのは、奇妙な形をした器具のようなものだ。

長さは十センチあまりで、さほど太くはない。半透明の薄紫色で、先端から真ん中にかけて膨らんでいる。いくぶん細くなった根元部分には、ストッパーのようなものがついていた。

「な、に……」

見たこともないものを目の前に突きつけられ、和彦の喉がひくりと鳴る。なにかはわからなかったが、東坂がこんなときに持ち出してくるのだから、ろくな代物《しろもの》でないことだけは確かだ。

「もの足りないだろうから、これを銜えてろ」

「や…やめろ……！」

東坂が器具に媚薬をたっぷりと塗す。肩で体を支えて起き上がろうとしたが、腰を摑んでソファの上に引き戻された。

「ッ……」

シリコンかなにかなのだろう。見た目よりは柔らかな感触が、火照った花弁に押し当てられた。

「い、やだ……やめ、ろ…っ」

媚薬で濡れそぼった淫具が、なめらかに押し入ってくる。力を込めて押し出そうとしたせいで、内奥を抉じ開けられる感覚をより鮮明に味わう羽目になった。

「あ、う…ぅ」

ぬくもりのない、無機質な物体。内側をゆっくりと押し広げられ、背中が嫌悪に粟立った。

得体の知れない異物を体内に沈められて、本能的な恐怖が湧いてくる。だが、刺激された内奥はべつの生きもののように蠢いていた。異物を押し出そうとしているのか、それとも歓喜して絡みついているのか、和彦自身にもわからない。

「やめ…、抜け……っ」

「おとなしくしてろ」

「ぅ……」

ぐうっと押し広げられる感覚がして、そのまま固定されてしまったらしい。いくら力を入れても、器具が抜け出る気配はなかった。

異物の表面がつるりとしているだけに、ぬめぬめと締めつける襞の動きがまざまざと伝わってくる。ソファに額を擦りつけて、内奥から湧き上がってくる疼きを押し殺す。

「俺の言うことをおとなしく聞いてりゃ、こんな目には遭わなかったのにな」

「ぅ……」

東坂に抱き起こされ、異物を体内に納めたまま、下着とスラックスを引き上げられた。ご丁寧なことに、ベルトまできっちり嵌められる。

次いで、ワイシャツのボタンを嵌めようとした東坂は、ぽつりと尖った乳首に目を留めた。

「こっちを忘れてた」

「な……や、め…あっ、あっ」

チューブからたっぷりと捻り出した媚薬を、凝った乳首に塗りつけられる。くりくりと捏ねられて、和彦の体が卑猥に弾んだ。

「あんたがどこまで強がっていられるか、愉しみだな」

「……よくも、こんな……」

ワイシャツのボタンを襟許まで留められ、両手首の拘束を解かれる。

布地が触れる感触にさえ、尖りきった乳首がじんじんと疼いた。体温に溶けた媚薬は襞の一枚一枚に浸潤し、激しい掻痒《そうよう》感をもたらしている。ほんの少し身じろぐだけで淫具に刺激され、息を呑むような快感が閃いた。

——嫌だ……こんなの。

「皺になっちまったな」

和彦の両手を縛っていたネクタイを見て、東坂が眉をひそめた。なにを思ったのか自分のネクタイを抜いて、和彦に締めようとする。

「よせ…っ」

「身だしなみはちゃんとしてないとな」

手首が痺れてろくに抵抗できないでいるうちに、ネクタイを締められてしまう。

タイの形を整えると、東坂は「よし」と頷いた。その満足そうな貌も、東坂のフレグランスの移り香がネクタイから漂ってくるのも、なにもかも腹立たしい。

「さて、出かけるとするか」

「……どこへ……」

「夕飯。さっきから言ってるだろ」

ネクタイを外した際に乱れた襟許を整えながら、東坂はさも当然といった口調で答えた。

ソファにぐったりと沈んだ和彦を見遣り、意地悪く笑う。

「歩けないなら、抱っこしてやるぜ？」

「結構だ。……食事には、おまえ一人で行けばいい」

体はすでに限界まで追いつめられていたが、和彦はせめてもの意地で冷ややかに言い放った。

「ほんと、懲《こ》りないよな」

呆れたように吐き捨て、東坂がポケットの中に手を突っ込む。とたん、体内に埋められた異物に変化が起きた。ぶるぶると振動し、さらに奥へ潜り込もうとする。

「……あ？　あ、あっ、あー……っ」

なにごとかと驚愕してソファから飛び上がったものの、膝が砕けて和彦はその場に崩れ落ちた。小刻みに振動するものが、充血した柔襞を掻き乱している。

痒い。熱い。

快感というには、あまりに激しい感覚だった。絨毯《じゅうたん》を掻き毟《むし》り、全身をびくつかせて悶える。そのたびに凝った乳嘴がワイシャツに擦れて、さらに追いつめられた。

「あ、あ、あ…あぁ…っ」

達ってしまう――。

絶頂の予感に、腰ががくがくと上下する。その奥では、痙攣じみた震えを帯びた内壁が玩具を締め上げていた。

「どうした？　そんなとこにうずくまって」

嘲笑うような声がして、玩具が唐突に動きを止める。

「あ……ぁ……」

あと少しだったのに。無意識のうちに、失望の声が洩れた。タイミングを逸らされた欲望が、体の奥でマグマのように燃え滾っている。

朦朧とした視線をのろのろと上げると、獣のように悶える和彦を東坂が冷ややかに睥睨《へいげい》していた。

「床に倒れ込むなんて、よほど空腹だったんだな。すぐに食事に連れてってやるよ」

もはや憎まれ口を叩く気力もなく、東坂に抱き起こされるままになる。

――まさか、本当にこのまま食事に行くつもりなのか。

「俺に無断で、勝手に達くなよ。粗相したら、お仕置きだぜ」

恐れにそそけ立った和彦の頬を撫でながら、東坂がやけにやさしく囁いた。


東坂に連れていかれたのは、銀座の目抜き通りにあるビルの最上階だった。

レストランの看板に小さく記された会員制の文字を見つけ、少しだけほっとする。これなら、同僚や顔見知りに遭遇する可能性は少ないだろう。

「……っ」

エレベーターに乗り込む際、脚がもつれて上体がぐらりと傾いだ。すかさず、横合いから手が差し伸べられる。

「しっかりしろよ」

東坂に肩を抱かれ、エレベーターに乗り込む。東坂の手を振り払うどころか、自分の脚で歩くことさえつらかった。

下腹部の中が、どろどろに膿《う》んだように熱い。触手を持った無数の虫がざわざわと蠢きながら、内奥と乳首を這い回っているかのようだ。

東坂が与えたのは、快楽という手段を用いた淫らな拷問《ごうもん》だった。

『そんないやらしい貌してると、外から見えるぜ』

発情した雌の貌だ――唇を嚙み締め、快感を堪える和彦を揶揄しながら、東坂はこちらに向かう車中でも玩具を作動させた。

羞恥と快感に煩悶する和彦の姿を堪能するために。

一人になって、痒みが癒やされるまで乳首を引っ搔きたい。体内の異物を取り出して、昂った熱をぶちまけたい。

だが、実際にはずっと東坂に腕を摑まれていて、逃げ出す隙さえなかった。もし逃げたとしても、東坂の部下たちにすぐ捕らえられただろう。

地下駐車場からエレベーターへ向かう一歩一歩、乗り込んだエレベーターのわずかな振動が、和彦をますます追いつめていく。

快感を堪えようと腿に力を入れれば、内奥まで引き絞ってしまい、玩具に苛まれる。凝った乳首にワイシャツが擦れるだけでも、いまの和彦には耐えがたい責め苦だった。

スーツの下では張りつめた花茎からひっきりなしに蜜が滴り、下着をじっとりと濡らしている。湿った布地が肌に貼りつく感触が、惨《みじ》めさを倍増させた。

「いらっしゃいませ」

エレベーターの扉が開き、タキシードを着た男に迎えられる。支配人なのだろう。尋常ではない様子の和彦を目にしても、まったく表情を変えなかった。東坂が利用するくらいだから、九曜会の息がかかった店なのかもしれない。

限られた客のための店だけあって、店内は広く、贅沢《ぜいたく》な造りだった。天井からはクリスタルのシャンデリアがぶら下がり、床には大理石が用いられている。

ボディーガードたちは別室で待機し、東坂と和彦だけが夜景の見える個室に案内された。二人にしては、ずいぶん広い部屋だ。

東坂が勝手にワインとメニューを決める。どうせメニューを見たところで文字を追うのが精一杯だろうし、そもそも食欲などなかった。

椅子に座っているだけで息が上がり、腿がひくひくと引き攣る。とくに、乳首の痒みがひどかった。掌を握り締め、ワイシャツの上から引っ掻きたくなる衝動をやり過ごす。

「乾杯」

ワインが運ばれてきて東坂がグラスを掲げたが、和彦はグラスを手にする気にもなれなかった。痒くて、痒くて、乳首の先端から爛《ただ》れ落ちてしまいそうだ。

「どうした？　元気がないな」

「ツ…っ」

突然、中枢に埋め込まれた淫具が動きはじめる。蕩けた襞をうねうねと掻き乱されて、和彦は声にならない悲鳴を上げてテーブルに突っ伏した。

個室とはいえドアが開いているから、不審な物音を立てれば給仕がやってくるだろう。声を殺そうとすればするほど体に力が入り、淫具をぎちぎちに締めつけてしまう。

「ゃ……、っ」

滲み出す蜜がじっとりと下着を湿らせていく。もうだめだ。限界を覚えたとき、給仕がこちらにやってくる気配がした。

「前菜の野菜のテリーヌでございます」

皿がテーブルに置かれる寸前で玩具が静止し、和彦はがくりとうなだれた。

苦しくて、熱くて、発情した雌猫のように悶えてしまいそうだ。絶え間なく襲ってくる欲望を必死に押し殺しながら、給仕が料理の説明を終えて出ていくのをひたすら待った。

「うまいぜ。食べないのか？」

空腹だというのは、嘘ではなかったらしい。東坂は旺盛な食欲を発揮し、うつくしく盛りつけられた前菜を器用に切り分けては口に運んだ。

また玩具を動かされるのではないか。ナイフとフォークを持ったものの、手が震えて思うように扱えない。

全身の神経が、内部の異物に集中している。一刻も早く取り出して、媚薬に苛まれている粘膜を抉ってほしい。苦しくて、切なくて、頭の中がはしたない欲望でいっぱいになる。

体の中を乱暴に掻き混ぜながら、乳首を思いきり抓られたら、どんなに気持ちがいいだろう――。

「……も、ぅ……ッ」

「ん？　なんか言ったか？」

東坂に聞き返され、和彦は自分が無意識のうちに哀願めいた言葉を口走りかけたことに気づいた。すでに前菜を平らげた東坂が、おもしろそうに和彦を見つめている。

「してほしいことがあるなら、言えよ」

「……、……」

――だめだ。浅ましい真似をしては。

わずかに残っていた理性のかけらを寄せ集めて、欲望に押し流されそうになる自分を戒《いまし》める。

「素直になれないなら、また動かしてやろうか？」

東坂がポケットの中からリモコンを取り出し、見せつけるようにしてテーブルの上に置いた。

またた。和彦が恐れに体を強ばらせたとき、「失礼します」と別室に控えていたボディーガードが緊張した面持ちでやってきた。

「若頭と補佐がお見えです」

「なに？」

東坂が珍しく慌てた様子で椅子から腰を上げる。どうやら、玩具を動かされることは免《まぬが》れたようだ。

しかし、ほっとする間もなく、今度は支配人に案内されて二人の男がやってきた。

「邪魔するぜ」

三十代前半くらいだろうか。スーツがよく似合う、苦みばしった美丈夫と、怜悧《れいり》な美貌の男だ。

まったくタイプが異なるがゆえに、絵になる二人だった。神があつらえたかのような、完璧な一対だ。

九曜会の若頭と補佐といえば、多岐川隆将と九重玲一《ここのえれいいち》だろう。この二人がそうなのかと、和彦は息を潜めて様子を窺った。

「お二人とも、どうなさったんです？　なにか緊急の用でも……」

二人の来訪は、東坂にとっても予想外の出来事だったようだ。緊急事態かと訊ねる東坂に、美丈夫が「いや」と精悍《せいかん》な口許を綻ばせた。

「近くまで来たんでここに寄ってみたら、おまえがえらい美人といっしょだっていうじゃないか」

「せっかくだから、これはぜひとも見物させてもらおうと思ってね」

美貌の男があとを続ける。息を呑むほど、うつくしい男だった。見る者を惹きつけてやまない、匂い立つような色香がある。

「補佐にまで気にかけていただいて、光栄です」

「しょってるな」

東坂がしかつめらしい貌で返すと、男が苦笑した。心安い会話からも、つきあいの深さが窺える。

たぶんこちらが九重で、威圧感のある美丈夫が若頭の多岐川だろう。こんなところで、九曜会の若頭とその補佐役に出くわすとは思わなかった。

暴力団の中でも最大規模を誇る九曜会の最高幹部とあって、多岐川と九重にはカリスマ的な存在感がある。しかし、二人に向きあう東坂も、存在感では劣っていなかった。彼らより若いぶん、触れただけで切れそうな鋭さがある。

「へえ。噂どおりの美人だな」

テーブルで固まっている和彦を、九重が冴えたまなざしで見遣る。

九重のような美貌の男に美人と言われると、屈辱を感じるより、身の置きどころがなかった。美人というなら、九重のほうがよほどふさわしい。

「浦上のとこで買ったんだってな」

多岐川も九重の視線を追って、和彦を見た。自信に満ちた、力強いまなざし。生まれながらの支配者の目だ。

自分がどんな状態か、見抜かれるのではないか。緊張して体に力が入ってしまい、内奥の異物の存在をよけい意識させられた。

「若頭の耳にまで入ってるんですか」

参ったな、と東坂が気まずそうに苦笑する。周囲を威圧する険が抜け落ちた柔らかな表情は、二十八歳の青年のものだ。

――そんな貌もするのか。

皮肉っぽく冷笑する東坂しか知らなかった和彦は、肉体を苛む苦しみを一瞬忘れて目を瞠った。

「一億払って、俎板ショーやったんだってな。そんな派手な真似しといて、俺の耳に入らないわけがないだろう」

「観客たちを前に、ずいぶん張りきったらしいじゃないか。見物できなくて、残念だ」

多岐川の言葉を受けて、九重が東坂を揶揄う。あの屈辱的なオークションでの出来事を持ち出され、和彦はいますぐこの場から消えたくなった。

「お望みなら、ここでご覧に入れますが」

見世物にされるなんて、二度とごめんだ。和彦が抗議するよりさきに、九重が東坂の腕を「馬鹿」と小突《こづ》いた。

「無理するなよ。あれだけの代償を支払ってまで、手に入れた相手じゃないか。浦上にビルを譲ってやったんだって？」

「ええ……まあ」

九重に答える東坂の口調は、珍しく歯切れが悪かった。

――代償……？　ビル……？

なんのことだろう。一億円以外にも、東坂は金銭的な代償を払ったのだろうか。

『浦上さんには、あとで改めてお詫びをさせていただきます』

あのとき、確か東坂はそう言った。詫びというのが、自分の所有するビルを浦上に譲ることだったのだろうか。

「あんた、知らなかったのか」

訝しく思って顔を上げると、こちらを見た九重と目が合った。

「悪いこと言っちまったな」

「いえ。構いません」

九重に謝られ、東坂が面映《おもは》ゆげに微笑む。またしても、和彦には見せない表情だった。

再びこちらを見遣った九重が、テーブルの上に置かれたリモコンに目を留める。続いて和彦の貌を見つめ、整った眉をおもしろそうに上げた。

「なんだ。食事中だってのに、二人で遊んでたのか？」

先細りの指でリモコンを指し示し、にやりとする。

酔ったように上気した頰、潤んだ瞳。つらそうに眉を寄せた和彦の表情から、どんな状態なのかを察したらしい。

知られてしまった。相手が、欲望とは無縁の涼やかな美貌の持ち主なだけに、いたたまれなかった。

「まだ躾中なので」

羞恥に絶え入りそうになっている和彦をよそに、東坂は平然としている。

「そういやおまえも昔、凜《りん》に似たようなことしてたな」

「うるさいぞ、玲二」

九重に肩を叩かれた多岐川が、苦虫を嚙み潰したような貌になる。和彦にはなんのことかわからなかったが、触れられたくない話題だったようだ。

「かわいそうにな。あんた、孝成に気に入られちまったぜ」

肩を竦めた九重が、和彦に同情めいた視線をよこす。

気に入る？　嫌っているの間違いじゃないのか。いい年をして、東坂にはいじめたくなる、と言われたほどだ。

でも、いじめて気晴らしをするために一億も払った挙句、ビルまで譲ったのだとしたら、酔狂すぎる。

そこまでの代償を払って、どうして東坂は自分を買ったのだろう。まさか本当に、かばってくれたのだろうか。ますます東坂の意図が不可解だった。

「気晴らしするのは構わないが、泰宏《やすひろ》のほうは大丈夫なのか？　まだ跡目に未練があるらしいな」

和彦が混乱していると、多岐川がおもむろに口を開いた。

「ご心配をおかけして、申し訳ありません」

とたんに表情を引き締め、東坂はこうべを垂れた。

「組が一つにまとまらないのは、ひとえに俺の器量不足のせいです。俺が東坂組の組長にふさわしい男だと組員一人一人に認めさせることができれば、いずれ泰宏さんも納得してくださるでしょう」

「おまえに逆らうってことは、おまえを東坂組の頭に据えた俺に逆らうってことだ。泰宏にもよく言っておけ」

「はい」

東坂が神妙な面持ちで頷く。その表情からもまなざしからも、多岐川に対する深い忠誠が窺えた。

『泰宏』というのが何者かはわからなかったが、どうやら組内部には東坂に不満を抱く連中がいるようだ。

「わかっているならいい。お愉しみ中に邪魔して悪かったな」

上に立つ者の鷹揚《おうよう》さであっさり話題を打ち切ると、多岐川はじゃあな、と個室を出ていった。

「彼を巻き込むなよ」

「はい。心得ています」

九重が視線で和彦を指し示して東坂に釘を刺し、多岐川のあとを追う。ボディーガードがドアを閉めると、再び個室には東坂と和彦の二人だけになった。

唐突にやってきて唐突に去っていく、嵐のようだ。すっかり二人のペースに巻き込まれていたことに気づき、和彦はそろそろと息を吐いた。

「あの二人は……」

「うちの若頭と補佐だ」

テーブルに戻ると、東坂はグラスに残っていたワインを飲み干した。

「……ずいぶん懐いてるんだな」

「ああ。若頭と補佐は、俺のすべてだ」

嫌みのつもりだったが、東坂は誇らしげに言い放った。なんのてらいも、迷いもなく。

「俺にとってあの二人は、神さまみたいなものだ」

多岐川と九重に対する忠誠は、信仰に近いのかもしれない。それは、この男が持ちうるもっとも純粋な感情なのだろう。

これほどまでに、誰かを、なにかを信じたことがあっただろうか。

子供のころは、無邪気に正義の存在を信じていられた。努力すれば、いつか報われると信じていたように。

だが、検事となってさまざまな事件を経験するにつれ、現実の世界には絶対の正義など存在しないことを知った。

それでも特捜部の検事となることを目指しているのは、この理不尽で不条理な世界に対抗する力が欲しかったからだ。

和彦が欲するその力を、東坂はすでに手にしている。多岐川たちへの絶対の忠誠という形で。

多岐川たちへの深い忠誠を見せつけられて、なぜか打ちのめされるとともに、羨望《せんぼう》めいた気持ちが湧き上がってくる。

「じゃあ、あの二人が死ねと言えばそうするのか……？」

「もちろんだ。若頭たちに出会わなければ、いまの俺はいない」

命すら賭けた、絶対の忠誠。そんなものが存在したのかと、和彦は目を瞠る思いで東坂を凝視した。

「……話しすぎたな」

和彦の視線を受けて、東坂が気まずそうに呟く。確かに、東坂とまともな会話をしたのはこれが初めてだった。

媚薬がもたらす掻痒感は、絶えず和彦を苛んでいる。しかし、いまの機会に、さきほど耳にした話を確かめておきたかった。

「さっきの、ビルを譲ったというのは……？」

「オークション会場を提供しただけだ。あそこはもう使えないからな」

和彦に恩を着せるでもない。天気の話でもするような、あっさりとした口調だった。

どうやら、浦上に所有するビルを譲り、オークション会場を移したようだ。あの赤坂のビルの場所が和彦にばれたからだろう。だからといってビルを譲るというのは、ふつうの感覚からすると信じがたい行為だ。

「そんなことはどうでもいいだろ。さっきの続きをしようぜ」

「ッ…」

東坂がこちらに近づいてくるのを見てとっさに腰を浮かせたが、肩を押さえられて、椅子に引き戻された。

「大声出すと、給仕が来ちまうぜ」

個室とはいえここはレストランの一室で、完全な密室ではない。なのに。

「服を脱いで、どうなってるのか見せろよ。下だけでいい」

「嫌だ…っ」

いつ給仕が料理を運んでくるかわからないところで服を脱ぐなんて、できない。

「嫌なら、明日の朝までこのままにしてやる」

「……そんな……」

非情な選択を突きつけられ、絶句する。

多岐川たちがやってきて少し気が紛れたものの、いっそうひどくなった掻痒感がぶり返していた。

東坂はいったんやると言ったら、どんな非情な仕打ちでも実行する男だ。これまでの経験から、いやというほどわかっている。

いっときだけ、屈辱に耐えればいい。そうすれば楽になれる。羞恥心と矜持を捩じ伏せ、和彦は決心した。

震える手でベルトを緩め、椅子から腰を浮かせてスラックスを下着ごと引きずり下ろす。火照った肌に、空気がやけにひんやりと感じられた。

「どろどろになってるな」

いつの間にか背後に回っていた東坂が、和彦の両脚のあいだを覗き込む。恥ずかしくて、惨めで、頭の中がぐちゃぐちゃだった。

「出したのか？　洩らしたみたいじゃないか」

「……して、ない…っ」

両膝を摑まれて肘掛けに載《の》せられると、あられもなく開いた両脚の狭間を突き出す格好になった。後ろにいる東坂にも見えるだろう。

「どうしてほしい？　言えよ」

「……出して……」

体内の玩具を取ってほしい。恥ずかしさを押し殺して、責め苦から解放してくれとねだる。空気に撫でられて、淫具を食んだ部分がひくりと波打った。

「ああ、こっちか？」

「ち、が……、ひ…っ」

昂った性器の先端をなぞられる。ねっとりと潤んだ割れ目を爪先で抉じ開けられるようにされると、苦痛と快感が激しく火花を散らした。押し開かれた腿が痙攣し、同じリズムで蠢動《しゅんどう》する内奥が淫具をみっしりと締め上げる。

「俺が触らなくても、達けそうだな」

東坂はあっさり下肢から手を引くと、和彦のシャツのボタンを外しはじめた。媚薬を塗された乳首は、シャツの上からでも凝った形がわかるほどだ。

「う…、ぅ…っ」

あと少しだったのに。またもやお預けを喰わされて、噛み締めた唇の隙間から嗚咽《おえつ》が洩れる。気が狂いそうだった。

「真っ赤だな。さっきより、でかくなったんじゃないのか？」

「あ、う…っ」

新芽のように硬く凝った乳嘴を摘まれて、はちきれそうになった昂りがたらりと花蜜を滴らせる。

「自分でおっぱいいじってみな」

「や、…だ……」

思いきり引っ掻いたら、どんなに気持ちがいいだろうと何度も想像した。でも、人前では絶対にしたくない。逃れようともがいたが、背後に立つ東坂に両手を掴まれて、胸許に押しつけられた。

「ここだけで達けたら、中のオモチャを抜いてやる」

「そんな……」

自分で乳首を愛撫して射精する姿を披露しろとは、あまりに屈辱的な命令だった。無理だ、できない。必死になってかぶりを振るが、手を押さえつける東坂の力は強く、振り払えなかった。

「俺がいつもやってるようにやればいい。ほら、摘んでみろ」

「……っ」

張りつめた突起に指先が触れただけで、じいんと甘い痺れが全身を駆け巡る。恐る恐る摘むと、息が止まるほどの快感が起こった。

いい。頭の中が真っ白になり、異物を埋め込まれた粘膜の疼きが遠のく。

乳首を摘んだ和彦の指が、おずおずと擦る動きを見せる。刺激するごとに掻痒感が薄れ、和彦はしだいに夢中になって自己愛撫に耽《ふけ》った。

「擦ったり、押し潰したり……そうだ。うまいじゃないか」

「ん…、ん…っ」

東坂が手を離したことにも気づかず、凝った粒を摘み上げ、擦り立てる。乳暈《にゅううん》の中に押し込むようにすると、こりっとした感触がはっきりとわかった。

恥ずかしい。東坂に触られて、いつもこんなに硬くしているのだ。脳が痺れたようになり、浮き上がった腰がうずうずと揺れる。見上げた天井の照明が、ぼんやりと滲んで見えた。

「こりこりになってるだろ？　引っ張ってみろよ」

もっとよくなれるぜ——身をかがめた東坂が、和彦の耳許で唆《そそのか》す。

もうなにも考えられなかった。東坂の声に操られるようにして、両方の指で左右それぞれの突起を摘む。指先に力を加えて凝った乳嘴を引っ張ったとたん、痛いほどの快感が脊髄を貫いた。

「あっ、あ…あ……っ」

切ない色声《いろごえ》を上げながら、和彦は絶頂に達していた。びくびくっと全身が痙攣し、悦楽の証《あかし》を噴き上げる。

達ってしまった——。信じられない思いで、快感に潤んだ目を瞠る。豊潤に溢れた花蜜は、テーブルクロスにまで飛び散っていた。

「自分で胸をいじって達くなんて、やっぱり淫乱だな」

「……っ」

そうしろと命じたのは、東坂ではないか。抗議するよりさきに、体の奥から振動が突き上げてきた。淫具が卑猥にのたうち、まとわりつく柔襞を惨く攪拌する。

「あッ、あ…っ、どうし、て……」

約束が違うと背後を振り返ると、東坂がテーブルにあったリモコンを手をしていた。

「さっきの続きするって、言っただろ」

「ひど……取って、くれるって……」

今度こそという期待を裏切られ、和彦の瞳がじわりと潤みを増す。長い忍耐を強いられ続け、和彦の自尊心はいまや玻璃《はり》よりも脆《もろ》くなっていた。意地や虚勢を張るどころではない。

「俺の言うことなんて、信じてたのか？」

「あ…っ、あ、あー……っ」

どこか苦い声で東坂が皮肉る。やるせないような声音に違和感を覚えた刹那、緩やかだった玩具の回転が変化した。

濡れた音がするほど蕩けた内部を、速度と強度を増した機械に容赦なく抉られる。椅子の上で剝き出しになったしろい肢体が、卑猥にうねった。

「いい加減認めろ。あんたは、俺に犯されるのが好きでたまらないんだよ」

かすかに苛立ったような声。

社会正義の実現などといった高邁《こうまい》な理想を掲げていても、しょせんおまえは男に犯されて快感に悶える、いやらしい人間なんだよ――暗に、そう言われた気がした。

ならばこれは、そんな自分自身を認められないことへの罰なのだろうか。

「……る、して……」

——もう赦して。

これ以上、肉欲に溺《おぼ》れる、浅ましい獣だと思い知らせないでくれ。

閉じた眦から、涙が零れる。呂律《ろれつ》が回らなくなった舌で何度も意味をなさない言葉を繰り返しながら、和彦は終わりのない愉悦に煩悶した。

5

眼底の奥が鈍く痛む。

こめかみまでがずきずきと脈打ちはじめ、和彦は永井に気づかれぬよう、こっそり息をついた。

体調は最悪だ。四肢のあちこちに、疲労が重い澱《おり》となってわだかまっている。

原因が、東坂との行為にあるのは明らかだった。連日の激務で疲弊《ひへい》していた体が、度を過ぎた行為に悲鳴を上げている。

昨夜は、レストランの個室で弄ばれただけでは終わらなかった。ホテルに連れていかれ、ようやく玩具を出してもらえたと思ったら、今度は東坂が押し入ってきて――。

食事の誘いを断ったことがよほど逆鱗《げきりん》に触れたのか、東坂はこれまでにもまして残酷で、執拗だった。本当にもう出るものがなくなるまで苛まれ、ぼろぼろの状態で自宅に送りつけられたのは、日付が変わってだいぶ経ってからだ。

結局三時間ほどしか眠れず、今朝起きたときから鈍い頭痛と微熱があった。しかし、強制捜査を控え、南山建設の内偵は詰めの段階に入っている。多少体調が悪いくらいで、休むわけにはいかなかった。

南山建設が脱税した二十億あまりのうち、かなりの金額が使途不明金になると見られている。恐らく、東坂たちのような連中に金が流れているのだ。

その一端でも暴ければ、せめてもの意趣返しができるのに。

いっそ、東坂に不満を抱く連中とやらが騒ぎを起こしてくれないかとさえ思ってしまう。

昨夜だけでは満足できなかったのか、今日、また東坂からメールが届いた。今夜、自宅に来いとの内容だ。

――いい加減にしてくれ……。

しばらくこめかみを押さえてじっとしていたが、頭痛が治まるどころか、どんどんひどくなっていく。

資料を読むのを諦めて、引き出しに常備してある鎮痛剤を取り出した。ポットのお湯で飲もうと、椅子から立ち上がる。

「……っ」

頭の芯が揺らぐような感覚があって、視界がぐにゃりと歪む。とっさに机に手をついて体を支えたものの、積んであった資料の山を崩してしまった。

「大丈夫ですか、検事」

永井が血相を変えて飛んでくる。申し訳ないと思いつつも、かろうじて頷くのが精一杯だった。

永井に白湯《さゆ》を入れてもらい、鎮痛剤を流し込む。目眩が治まるのを待っているあいだ、永井が床に散らばった書類を拾い集めてくれた。

「すみません。ちょっと立ち眩《くら》みがして……」

しばらくして、頭を締めつけるような痛みがほんの少し和らいだ。しかし、張りのない声がよけい永井を心配させてしまったらしい。

「少し休まれたほうがいいのではありませんか？　このところ、お疲れのようでしたし。なんなら、今日は早退されては……」

「いえ、もう大丈夫です。頭痛も治まってきましたから」

努めて明るく返したつもりだったが、永井の貌は晴れない。

「無理なさらないでください。まだまださきは長いですし、体を壊しては元も子もありません」

「そうですね。気をつけます」

永井の好意がありがたい反面、気遣われるほどにやましさが募った。

自分には、永井に心配してもらう価値などない。自分がこうも疲労しているのは、男に犯されたせいだと知ったら、この実直な事務官はどう思うだろう。そして、今夜も男に弄ばれると知ったら——。

永井の誠実なまなざしが、胸に突き刺さってくるようだ。逃げるようにして机に向かおうとすると、いくぶん咎める声音で「検事」と呼び止められた。

「捜査の傍ら、あれからもずっと東坂孝成を調べていらしたのではありませんか？　南山建設から東坂、政治家という資金のルートを想定されて」

「……それは、……」

永井は勘違いしている。東坂を調べていたのは、ただの私怨《しえん》だ。あるいは、手柄を立てたいという出世欲のためでしかない。

個人的な感情で軽率な行動に走った挙句、後戻りできない世界に足を踏み入れてしまった――。激しい後悔と、真実を打ち明けられない罪悪感が、和彦の胸で渦巻《うずま》く。

「調べてみたのですが、これといった収穫がなくて……。私の見込み違いだったようです」

「そうでしたか……。東坂のような連中は、簡単に尻尾を出しませんからね」

和彦の言葉をなんの疑いもなく信じ、永井が悔しそうに呟く。

「検事がなにもおっしゃらないので黙っていましたが、もし私にお手伝いできることがあれば、お申しつけください。どうか、一人で抱え込まないでください」

「……ありがとうございます」

心から自分を思いやってくれる永井の気持ちが伝わってきて、胸がじんわりと熱くなった。

東坂に弱みを握られている状況に変わりはないが、少なくとも仕事上ではサポートしてくれる永井がいる。和彦の身を心配し、力になってくれる佐野のような存在もいる。

けれど、それが心強い一方で、どうしても彼らに対するやましさは消えなかった。

「顔色が悪いな」

開口一番、東坂は和彦の貌を見るなり眉をひそめた。

「目の下に隈《くま》ができてる。せっかくの美人がだいなしだ」

——誰のせいだと思っているんだ。連日呼びつけておいて。

怒鳴りつけたくなる衝動を堪え、ぐっと唇を引き結ぶ。おまえの貌を毎日見せられるせいだと言ってやったら、どんなにせいせいするだろう。

鎮痛剤のおかげで頭痛は治まったが、体のだるさまでは取れなかった。たぶんまだ微熱があるのだろう。

連日の呼び出しは、これが初めてだ。

よほど検事が暇だと思っているのか、それともSCホールディングスグループに関する捜査の進展が気になるのか。

また昨日のような仕打ちをされるのではないかと警戒していたのだが、東坂のほうは憑《つ》きものが落ちたようにけろりとしていた。

「まあいいや。入れよ」

顎で命じた東坂のあとについて、マンションの中に足を踏み入れる。

東坂の自宅を訪れるのは、オークションのあとに連れ込まれて以来だ。あのときはほとんど寝室に閉じ込められていたからわからなかったが、廊下の長さからしても、かなり広いことが窺える。

寝室に直行するのかと思いきや、東坂が向かったのはリビングだった。三十畳以上あるだろう。寝室同様にアイボリーとダークブラウンでまとめられた空間は、生活感がない。勧められて、L字に配置されたソファの端に腰を下ろす。汚すことなど心配しないらしく、なめらかな革のソファは贅沢にも白だ。

東坂ほどの幹部クラスなら、所有しているマンションは一つや二つではないだろう。詫びとして、気前よくビルを譲り渡したくらいだ。

いずれも、非合法な手段で購入資金を稼いだに違いない。そこに南山建設から流れた資金が含まれているかもしれないと思えば、腹の底に冷えた怒りが兆《きざ》した。

「私を呼びつけるのは、ＳＣホールディングスグループに関する捜査状況が気になるからじゃないのか？」

「そんなもん、気にしてもしょうがないだろ」

ふんと鼻で嗤い、東坂が水割りの入ったグラスをあおる。

「あんたたち検察は、白でも黒にするのが仕事だ。マスコミを使って世論を煽り、悪者を作り上げて見せしめに逮捕する。そのくせ、与党の政治家や身内には甘い。あらかた今回の一件も、大山鳴動《たいざんめいどう》して鼠《ねずみ》一匹になるんだろ」

痛いところを突いてくる。過去に特捜部が扱った政治家絡みの贈収賄事件では、本丸である政治家本人に辿り着けず、秘書の逮捕で終わるケースが少なくなかった。

与党の政治家に甘いというのも、否定しきれない。現に南山建設の件では、ほかにも不正献金を受けた与党議員がいるにもかかわらず、特捜部は第一のターゲットを野党幹事長に絞っている。相当の理由あってのことだが、世間一般にはなんらかの政治的圧力が働いたのではないかと勘繰《かんぐ》られるかもしれない。

しかし、検察上層部にどんな思惑があろうと、少なくとも和彦のような現場の検事たちは、絶対に不正は赦さないという強い信念を持って捜査に当たっているのだ。

「……おまえに非難されるいわれはない。私たちは、適法かつ適正に捜査している」

「まあ、あんたはそうだろうけどね」

あんたはなにもわかっていない——皮肉っぽく唇を歪めた東坂にそう言われた気がして、和彦は気色《けしき》ばんだ。

「いったいなにが言いたい？　おまえは、検察の捜査がどこまで……」

「ああ、もう」

いきなり苛立たしそうに呻いて、東坂が髪を掻き毟った。

「こんなこと言うために、あんたを呼んだんじゃない。まったく、あんたといると調子が狂うな」

「だったら、呼びつけなければいいだろう」

調子が狂うのなら、放っておいてくれ。こっちがどれほどの被害を被《こうむ》っていると思うんだ。棘《とげ》のある口調で言い返し、斜向《はすむ》かいに座る東坂を睨みつける。

「ほら、あんたがそういうこと言うから、俺だってつい言い返しちまうんだぜ」

「責任転嫁するつもりか。だいたい、いまのはおまえから……」

「ストップ」

東坂が胸の前に両手を上げて、和彦の言葉を遮った。

「で、体調は大丈夫なのか？」

「……」

いま、なんと言った？　空耳か、聞き間違いだろうか。東坂に体調を気遣われるとは思ってもいなかった和彦は、耳を疑った。

「そんなに驚くことないだろ」

目を瞠って固まっている和彦を見て、東坂が憮然《ぶぜん》とする。微妙に逸らされた視線が、東坂の気まずさを物語っていた。

「その……悪かったよ。昨夜は少しやり過ぎたと思ってる」

東坂の口から、謝罪の言葉を聞く日が来るとは思わなかった。いったいどういう風の吹き回しだろう。なにか裏でもあるのだろうか。

「どういうつもりだ？　ずいぶんしおらしいんだな」

「俺だって反省するときはある」

和彦の挑発にも乗らず、東坂は生真面目《きまじめ》な貌でさらに思いがけないことを言い出した。

「最近、あんた痩せただろ」

「え……ああ。まあ、少し……」

虚弱体質ではないが、和彦の細身の体躯は人並みの体力しかない。体格でも体力でも勝る東坂が満足するまでつきあわされるせいで、この二週間で二キロばかり痩せていた。多忙な仕事に加えて、荒淫《こういん》が堪《こた》えたのだろう。

けれど、自分が太ろうが痩せようが、東坂が気づくとは思わなかった。すっかり驚いてしまい、おまえのせいだと言いそびれてしまう。

「だから昨日は、あの店にあんたを連れていきたかったんだ。でも、あんたは食事したくないって言うしさ……」

拗《す》ねたような口調、気まずそうに逸らされた視線。ふてくされた子供のような態度は、昨夜の残酷で、淫らな行為とはかけ離れている。

和彦の体調を気遣って、食事に連れていこうとしたというのか。

東坂の表情には、自分の厚意が和彦に伝わらないもどかしさや、やるせなさのようなものが滲んでいた。けれどそれはたんに、和彦が自分の思いどおりにならなかったからではないのか。

昨夜、ひどく苛まれた和彦からしてみれば、東坂の行動が純粋な厚意から出たものとは素直に受け取れなかった。

「私を餌づけしようとしたのか？」

「またそういう憎まれ口を……」

東坂の言葉に重なって、軽やかな呼び出し音が響く。音の源は、その胸ポケットの携帯電話だった。

「ちょっと待っててくれ」

和彦に断って、続きになっているダイニングルームに向かう。どうやら、聞かれてはまずい話らしい。

「……いや。こちらのほうは、……」

東坂の潜めた声が聞こえてくる。SCホールディングスグループに関する話だろうか。耳を澄ませたが、たまに単語が聞き取れるくらいで、文脈として理解できなかった。東坂が固有名詞を避けてしゃべっているせいもある。

通話を聞き取るのを諦めて、和彦はソファに深く身を沈めた。

さっきの話は本当だろうか。東坂が自分の体を気遣うなど、ありえない。けれど、東坂が嘘をつく理由もまた思いつかなかった。

謝られたからといって、昨夜の東坂の仕打ちを赦す気にはなれない。それでも、なぜか心の奥が揺れていた。これまでだったら、嘘をつくなと即座に突っ撥《ぱ》ねていたはずだ。

わからない。考えるほどにわからなくなる。東坂の目的も、自分の気持ちも。

ため息をついて、体から力を抜いた。なめらかな革といい、クッションの具合といい、包み込まれるように座り心地のよいソファだ。疲労でどんよりと重くなっていた体が、少し軽くなった気がした。

——疲れた……眠い。

じっとしていると、とろとろとしたまどろみが忍び寄ってくる。まずいと思ったが、ソファから立ち上がる気にはなれなかった。

「……若頭の了解は……」

ダイニングからぼそぼそと聞こえる東坂の低音が、しだいに心地よい子守唄へと変わっていく。性格は最悪だが、声は悪くない。……認めたくないが、貌も。

重しでも載せられているのではないかと思うくらい、瞼が重かった。

深夜まで続く捜査、東坂の淫らで過酷な仕打ち。この二週間あまりで、和彦の疲労は極限に達していた。

——だめだ……。

誘惑に負けて瞼を閉じる。指一本動かすのさえ、億劫《おっくう》だった。

東坂の前で居眠りなんかしたら、あとでなにを言われるかわかったものではない。けれど、ほんの少しでいいから眠りたかった。東坂が電話を終えてこちらに戻ってくれば、目が覚めるだろう。

なにもかも、投げ出してしまいたい。仕事も、東坂のことも。

和彦らしからぬ投げやりな考えが湧いてくる。

——どうとでもなれ。

心の中で呟いたのを最後に、和彦は眠りの世界に引き込まれていった。


「……どうして……」

さんさんと射し込む朝陽に照らされ、和彦は呆然と呟いた。どうしてベッドにいるんだろう。しかも、東坂に腕枕をされて。

「どうしてって、寝ぼけてんのか？」

弾かれたように自分の腕から離れた和彦を見て、東坂がおかしそうに眉を上げた。

昨夜遅くに東坂のマンションに呼び出され、話している途中で東坂の携帯電話が鳴ったことまでは覚えている。ソファの座り心地がよくて、うとうとしはじめて……どうやらそのまま寝入ってしまったらしい。そのあとの記憶がまったくなかった。

「腕枕なんて慣れないことしたから、腕が痺れちまったぜ」

顔をしかめ、東坂が腕をぶるぶると振る。

まさか、東坂にずっと腕枕をされていたのだろうか。眉を寄せながらベッドに起き上がると、着た覚えのない寝間着《ねまき》を身につけていた。東坂のものらしく、全体的にサイズが大きい。

「これは……」

「たいへんだったんだぜ」

呆然と寝間着を見下ろしていると、東坂が思わせぶりな口調で話しはじめた。

「あんたはソファで寝こけちまって、声をかけても目を覚まさない。しょうがないから、ベッドに運んで、寝間着に着替えさせたんだ。それが意外と面倒でさ。あんなだったら、素っ裸で寝かせておきゃよかったぜ」

寝間着に包まれた体のラインを東坂の視線に辿られ、かあっと頰が熱くなった。

「面倒なら、ソファに放っておけばよかっただろう……！」

東坂のことだから、寝入った自分を叩き起こしてでも、セックスの相手をさせるだろう。万が一親切心を起こして寝かしておいてくれたとしても、ソファに放置しておくのが関の山だ。――そう思っていたのに、ベッドに運んで着替えまでさせてくれたのか。

東坂の行動にも驚いたが、そこまでされて目を覚まさなかった自分自身にも驚いた。おまけに、東坂に腕枕をされていながら、朝まで熟睡したのだ。

「あんな空調が効いてるとこに放っておいたら、風邪引くぜ」

「でも、だからって、寝間着まで……」

「ワイシャツじゃ寝苦しいだろ。それに、素っ裸のあんたが隣に寝てたら、俺が我慢できなくなるんだよ」

開き直ったように東坂が吠える。

東坂なりの親切だったらしい。確かに、犯されるよりははるかにましだが、東坂に着替えさせられたのかと思うと、感謝するよりも、恥ずかしさと情けなさとで胸を掻き毟りたくなった。

――一生の不覚だ。

悔し紛れに寝間着の胸許を握り締める和彦を見て、東坂が満腹になった猫のようににんまりとした。

「可愛かったぜ、あんたの寝顔」

「気持ちの悪いことを言うな。私はおまえより、二歳も年上なんだぞ」

年下の男から、可愛いなどと言われても屈辱なだけだ。愚弄するなと、きっと眦を吊り上げる。

「二年じゃなくて、一年とちょっと違うだけだろ。あんたが九月生まれで、俺が二月だから……なんだ。一年と五ヵ月違うだけじゃないか」

「どうして私の誕生月まで知ってるんだ」

さもあたりまえのように自身の誕生月を挙げられ、和彦はぎょっとした。

「知ってるさ。あんたのことなら、なんでも。調べたって言っただろ」

「――」

個人情報を握られていることにぞっとするよりも、熱っぽいまなざしに見つめられて、息苦しいような気分に襲われる。最初に会ったときから、東坂のこの瞳が苦手だった。なにもかも、見透かされてしまうようで。

うか。

和彦自身でさえ正体が摑めないこの不可解な気持ちさえも、東坂は見抜いているのだろ
いたたまれずに視線を逸らすと、ベッドサイドの時計が七時近くを指しているのが見えた。今日も仕事がある。

「と…とにかく、世話をかけて、悪かった」

うたたねするほど心身ともに消耗していた原因は、東坂にある。礼を言う義理はなかったが、ソファに放置されて体調を悪化させずにすんだのは確かだ。

「出勤しないといけないから、私はこれで帰らせてもらう」

「待てよ」

ベッドを抜け出そうとしたとたん、手首を摑んで引き止められた。

「昨夜、俺にお預け喰わせた詫びがまだだぜ」

至近距離から見つめてくる瞳は、さきほどよりも熱を増していた。やはりセックスの相手をしろと言い出すのだろうか。恐れとも期待ともつかないものに鼓動を速くしながら、慎重に訊ねる。

「詫びとは……？」

「俺にキスしろ」

キス――？　呆然として、東坂の貌を見つめる。官能的なフォルムを持つ唇を目にしたとたん、要求された行為を生々しく想像してしまった。

「……い、嫌だ」

　とっさに出たのは、拒絶の言葉だった。いったいなにを言い出したのだ、この男は。突拍子もない要求もさることながら、東坂にキスされる場面を想像した自分にも動揺した。

「ったく、にべもないな」

　いまいましそうに吐き捨て、東坂が和彦の手首を捕らえた指に力をこめる。

「なんでだよ。キスくらい、いいだろ」

「嫌だ」

　実際は嫌悪よりも、羞恥と戸惑いが大きかった。これまで、東坂とキスなどしたことはない。恋人でもないのだから、当然だ。

「あんたは『嫌だ』ばっかりだな」

　むうっと鼻筋に皺を刻んだ東坂は、いつも余裕たっぷりに和彦を翻弄《ほんろう》する男とは別人のようだった。柔らかな朝陽のせいか、多岐川たちと話していたときのような、二十八歳の年相応の青年に見える。

「可愛くないのに、可愛い」

「わけのわからないことを……」

　大きな掌に頬を包み取られて、和彦はぎくりとした。明るい光の中でなお闇を湛えた瞳に、自分が映っている。

「あんたがしてくれないなら、俺の好きにさせてもらうぜ」

「なにを、……ん…っ」

嚙みつくようにくちづけられて、和彦の声は男の唇に封じられた。

——東坂に、キスをされている。

状況を把握するなり、かあっと頰が熱くなった。

「……っ、……」

顎を押さえつけられて、濡れた舌先に唇を抉じ開けられる。思いがけない舌先の熱さに慄くと、いっそう強く抱き竦められた。寝間着の生地を通して、逞しい胸板の感触が伝わってくる。

どうしてキスなんかするのだろう。好きでもない相手に。

なにより、東坂にキスされて、嫌悪を感じていない自分自身が不思議だった。

「っ……」

上顎を舌先にくすぐられて、背筋を危うい快感が走った。舌を搦《から》め捕《と》られ、痺れるほどきつく吸い上げられて、体から力が抜けていく。

女性を相手に、唇を重ねる程度のキスしか経験のなかった和彦にとって、東坂の行為は衝撃的だった。

口腔《こうこう》内を情熱的に搔き混ぜられて、くちゅくちゅと濡れた音が洩れる。眦がじんわりと熱を孕み、頭の芯がぼんやりと滲む。

熱くて、……気持ちがいい。まるで、舌先から全身が溶けてしまいそうだ。

呼吸するのも忘れて、技巧に富んだ情熱的なキスに翻弄される。息が続かなくなるぎりぎりで、東坂の唇が離れた。

「…っ、は……」

名残惜しそうに、酸素を求めて喘ぐ唇を啄《ついば》まれる。何度かそれを繰り返し、東坂はやっと和彦を解放してくれた。

「大丈夫か?」

恋人にでもするようなしぐさで和彦の頬を撫で、東坂が淡く微笑む。そのまなざしは、包み込むようにやさしかった。

どうしてそんな貌をするのだろう。和彦の錯覚か、朝陽が見せる魔法なのだろうか。東坂の表情に、速くなった鼓動がますます落ち着きをなくした。

「あんたとキスしたの、初めてだな」

東坂がそんなことを言うとは思わず、和彦は思わず目を瞠った。

自分でもらしくないことを言ったと思ったのだろう。気恥ずかしさを誤魔化《ごまか》すように背中を向けると、東坂は勢いよくベッドを抜け出した。いつものごとくなにも身につけていない。さすがに室内を全裸でうろつく趣味はないらしく、クローゼットからバスローブを取り出した。

「シャワー浴びるだろ。そのあいだに朝食作っとくから」

おまえに、料理が作れるのか——和彦に憎まれ口を叩く暇さえ与えず、口早にバスルームの場所やタオルのありかなどを説明して、東坂が寝室を出ていく。

あとには、和彦一人が動揺の中に取り残された。

どうしてキスなんかしたんだ。どうして、あんなやさしいまなざしで——。

疑問ばかりが浮かび、収拾がつかない。不可解なのは東坂の言動だけでなく、キスだけで体の芯に火をつけられた自分自身もだ。

——どうかしている。

憎んでいるはずの男にキスされて嫌悪を感じるどころか、欲望を掻き立てられるなんて。

東坂のやさしい貌も、身の裡に燻《くすぶ》る欲火《よっか》も、きっと錯覚だ。

自分で自分の体を抱きしめ、兆した欲望を押し殺す。

寝間着の襟許から、東坂が愛用するフレグランスがかすかに漂う。まるで東坂に抱きしめられているようで、かえって落ち着かない気分になった。


「今日は顔色がいいですね」

「……そうですか？」

朝の挨拶を交わしたあと、永井がにこにこして言った。昨日、和彦が執務室で倒れただけに、心配していたようだ。

「久しぶりにまともな朝食を食べたからかもしれません」

「いいことです。食事は大事ですよ」

永井がうんうんと頷く。多忙なときは、ゼリー状の栄養食品を食事がわりにする和彦のことを、内心で快く思っていなかったようだ。

まともな朝食――意外にも、東坂が作ってくれた朝食は見かけも味もまともだった。トーストやサラダといった簡単なものだったが、サラダはちゃんと水切りしてあったし、トマトの切り口も綺麗だった。かりかりのベーコンが添えられた、ふわふわのスクランブルエッグ。バターが香る厚めのトーストに、極上のブルーマウンテン。

認めたくないが、おいしかった。その証拠に、起き抜けはあまり食欲がない和彦がすべて平らげたほどだ。

本当に東坂が作ったのか。ハウスキーパーか、さもなければ部下にでも作らせたのではないか。

以前、東坂のマンションに閉じ込められたときの食事は、ケータリングかなにかだったようだから、テーブルに並んだ朝食を目にしても、東坂が作ったとはにわかに信じられなかった。

『これは本当におまえが……？』

『俺が作らなきゃ、誰が作るんだよ』

たいていのもんなら、作れるぜ――ふんぞり返った東坂は、和彦が朝食を食べず、コーヒーしか飲まないことがあると知って、呆れたようにため息をついた。

『だから、そんなに細いんだよ。ちゃんと食べなきゃもたないぜ』

ずっと母親と二人だったから、和彦だってひととおりの家事はできる。けれど、元来食にこだわりがあるほうではなく、忙しくなるととたんに食事に手が廻らなくなるのだ。

『やっぱあんたは、餌づけしないとだめだな。それ以上痩せられると、抱き心地が悪くなるし』

結局はそれか。呆れたが、東坂とのあいだにはこれまでとは異なる空気が流れていた。どきどきするのに、居心地は悪くない。くすぐったいような、妙に面映ゆい空気の中、なにが好物なのかとか、ふつうの会話をして朝食を食べた。

『忘れものだ』

途中まで車で送ってもらい、降りようとしたときのことだ。呼び止められて振り返ると、顎を捉えられて引き寄せられた。ほんの一瞬の、掠めるようなキス。

『いってらっしゃいのキス』

驚きに固まる和彦を見て、東坂は悪戯が成功した子供のように笑った。

車は人目につかない裏通りに停まっていたし、スモークガラスになっているから、通行人には見えなかったはずだ。

いま思い出しただけで頬が熱くなる。せっかく鎮《しず》めた体の奥の熾火《おきび》まで掻き立てられそうになり、和彦は慌てて東坂の唇の感触を頭の中から追いやった。

調子が狂うというなら、和彦のほうだ。人がいると眠れないたちなのに、昨日は朝まで一度も目を覚まさなかった。あれほど深い眠りは、ずいぶん久しぶりだ。

おかげで、疲労で澱《よど》んだ体はすっきりとして、どうにでもなれといった、投げやりな気分も消えている。

どうしていきなり東坂の態度が変わったのだろう。

憔悴した貌でやってきて、ソファで寝入った和彦を見て、さすがの東坂も哀れになったのかもしれない。そうだとしても、あのキスはなんだったのだろう。

そもそも、どうして東坂は自分を『かばって』くれたのか。一億円と、ビルという代償まで払って。

『あんたが、腹の出っ張った醜悪な親父に犯されるのを指咥えて見てるのが、業腹だったからかな』

案外、あれは本音だったのかもしれない。自分が目をつけたオモチャを、他人に取られたくないという程度かもしれないが。となると、九重が言ったこともあながち外れていなかったわけだ。

代償を払って手に入れた、オモチャ。いまは目新しくても、そのうちいつか飽きるはずだ。

――東坂から、解放される……。

安堵《あんど》を覚えるどころか、針で刺されたように、ちくんと胸が疼いた。どうしたのだろう。

東坂から解放されることを、あれほど願っていたはずだ。

そこまで考えて、東坂に対する嫌悪が薄れていることに気づく。潔癖症の嫌いのある和彦のこと、いくらおいしそうでも、心底憎悪している相手の手料理は食べられない。

それに、キスされたときだって嫌じゃなかった。むしろ、もの足りないとさえ感じてしまった。

少しやさしくされたくらいで、懐柔《かいじゅう》されたのだろうか。

それとも、体の交わりが心にまで影響を及ぼしたのだろうか。

セックスの経験があるといっても、相手の女性には申し訳ないが、いずれも実験のようなものだった。自分の性癖を見極めるための。

だから、これほど深いかかわりを持った相手は東坂しかいない。体の繋がりがなにかを生むのか、和彦には見当もつかなかった。

仕事中だというのに、東坂のことばかり考えている。内心で舌打ちして腕時計を見ると、十時の会議までもうすぐだった。今日の会議で、強制捜査の日程が告げられるだろう。

強制捜査では、南山建設本社はもちろん、親会社のSCホールディングスや関連会社、さらに社長の自宅などの関係各所を家宅捜索することになるはずだ。

どの場所を任せられるかいまの時点ではわからないが、もし、東坂の犯罪に繋がるような証拠が出てきたら――。

以前はあれほど東坂の犯罪を暴いてやると意気込んでいたのに、不思議なほど心は弾まなかった。
また東坂のことを考えかけている自分に気づき、小さく唇を噛む。
――いまは仕事に集中しろ。
なにがあろうと、検事としての職務をまっとうしなければならない。
自らに言い聞かせ、気持ちを引き締める。
「会議に行ってきます」
永井に言い置いて、和彦は会議に出席するべく席を立った。

6

なにかが、おかしい。

和彦が周囲の異変に気づいたのは、今朝、エレベーターに乗ろうとしたときだ。

「おはようございます」

さきにエレベーターを待っていた先輩の検事二人に声をかけると、彼らがぎょっとした貌で振り返った。ぎこちない口調で『おはよう』と返したきり、気まずそうに沈黙してしまう。

――なんだろう……。

これまでは、顔を合わせれば情報交換をしたり、世間話に興じたりしてきた先輩たちだ。そのうちの一人とは、三日前に行われた南山建設の強制捜査の際、ともに子会社の家宅捜索に当たった。

それが今朝、挨拶をしたらいきなりよそよそしくされたのだ。彼らの態度が変わった理由が、まったく思い当たらなかった。

彼ら二人だけなら気のせいですむが、廊下で擦れ違った同僚からも似たような反応が返ってきた。さりげなく目を逸らし、和彦を見ようとしない。

いずれも、昨日まではふつうに接してきた人々だ。訝しくもあったし、さすがにいい気持ちはしなかった。

もしかしたら、東坂とのことを知られたのではないか。ヤクザとかかわりがあると噂になっているか、あるいは例のオークション風景の映像がネットにでも流されたか。

だが、いまになって東坂がそんな真似をするだろうか。

朝食を振る舞われて以降、東坂とのあいだには穏やかな空気が漂っている。以前の殺伐《さつばつ》とした空気が嘘のようだ。

ソファで居眠りするという失態を犯したからなのか、ひどく憔悴していたからなのか、原因は定かではないのだが。セックスを強いられることもなく、和彦としては拍子抜けしたような気分だ。

たぶん、これまで東坂とのあいだが険悪だったのは、和彦が敵意もあらわに突っかかっていたせいもあるのだろう。あんな辱めを受けたのだから当然なのだが、東坂には刺々しい態度しか取れなかった。

『死んだほうがましってのは、生きてるからこそ言えるんだぜ』

東坂の言うとおりだ。あのときもう少しだけ冷静になっていれば、東坂との関係が変わっていたかもしれない。

初対面から印象はよくなかったし、ヤクザと知ってからは、ますます反感を覚えた。オークションで落札されてからは、なおさらだ。

それもあって、東坂自身に向きあうことができなかった。和彦にとって東坂はあくまで東坂組の組長であって、東坂孝成という一人の人間ではなかったから。

　こうして振り返れるようになったのは、最近のことだ。いまから思うと、自分の頑なな態度が東坂を苛立たせ、非情な仕打ちをエスカレートさせていたのかもしれない。

　最近東坂と会ったのは、五日前のことだ。餌づけすると言ったのは嘘ではなかったらしく、食事に連れていかれた。

『相変わらず忙しいんだろ？　ちゃんと寝ろよ』

　自宅に和彦を送り届け、東坂はあっさり帰っていった。油断した和彦から、最後にキスを一つ奪って。

　以来、連絡はない。

　強制捜査の前後は自宅にも帰れないほど忙しいから、和彦としてはむしろありがたいくらいだ。

　なのに、ふとした瞬間に東坂のことを考えてしまう。連絡がないのは、飽きたからだろうか。あんな、恋人にでもするようなキスをしたくせに。

　恨みがましい気持ちが湧いてくるのは、たぶんもう東坂を嫌っていないからだ。それどころか——。あの男に惹かれているなんて認めたくないが、以前のような憎悪がなくなっているのは事実だ。

　なんにせよ、最近の東坂の様子からして、いまさら画像を流出させたとは考えにくかった。ただの気まぐれだとしても、東坂が示してくれたやさしさを信じたいと思っている自分がいる。

幸い、顔見知りの事務官などはこれまでどおりに接してくれた。永井にも、昨日までと変わった様子はない。

同僚の検事たちのあいだに、なにか誤解が生じているのかもしれなかった。応援とはいえ、若手の和彦が特捜部に加わっていることを快く思わない者もいる。

「帳簿と伝票の写しです」

「ありがとうございます」

礼を言って、永井から資料の束を受け取る。明日の事情聴取までに、該当部分を確認しておきたかった。

三日前、東京地検特捜部は南山建設に強制捜査を行うとともに、法人税法違反の容疑で南山建設の社長と副社長、財務担当役員の三人を逮捕した。

押収した膨大な資料は現在、資料課の事務官たちが昼夜を徹して分析を進めている。今回のいちばんの収穫は、贈賄先の国会議員や企業名などを記した、社長の手帳を押収したことだ。身に覚えのある国会議員などは、いまごろ戦々恐々としているだろう。

並行して、野党幹事長周辺の内偵が進められていた。公設秘書が地元の談合の調整役を果たしていたという情報があり、今後は幹事長本人の関与が焦点になる。

さっそく検察の動きを嗅《か》ぎつけた佐野から問いあわせがあり、和彦は差し障りのない範囲で答えた。

仕事をしているうちに、今朝の同僚たちの不可解な態度のことが頭の中から消えていく。

これまでの参考人の供述調書に目を通していると、内線が鳴った。今回の捜査を指揮している副部長から、いますぐ来るようにと命じられる。

なにかへまでもしただろうか。口早に告げた副部長の声に、嫌な予感がした。

緊張気味にドアをノックし、副部長室に足を踏み入れる。険しい貌をした副部長が、和彦を待ち構えていた。

「明日から、刑事部に戻ってくれ」

なんの前置きもなく命じられ、和彦は絶句した。予想もしていなかった話で、覚悟もなにもあったものではない。私物の移動は今日中にという副部長の言葉に、すでに決定事項であることを知る。

「それは、どういうことでしょうか」

「君に、南山建設の捜査から外れてもらうことになった」

副部長は机の上に両肘をつき、目の前で組んだ自分の手をじっと見つめている。

「なぜ……どうしてですか？　なにか失敗をしたでしょうか？」

「いや。君はよくやってくれたよ」

和彦が詰め寄ると、副部長が面倒臭そうに首を振る。一刻も早くこの面談を終えたいと思っているのが、ありありと窺えた。

「納得できません。理由を教えていただけませんか」

「上層部の決定だ。ほかに、私から言えることはない」

上意下達《じょういかたつ》の機関である検察において、上層部の命令は絶対だ。

しかし、不手際があったのならともかく、途中で捜査から外すなどということは、そうそうあることではない。

東坂との関係が知られたのだろうか。だが、もしそうなら、異動どころの処分ではすまない。それに、一検事の素行に上層部がそこまで目を耿らせているとは思えなかった。

上層部が動いてまで、和彦を南山建設の捜査から外さなければならない理由があるとしたら――。

南山建設社長の手帳のことが脳裡に浮かんだ。多数の政治家たちの名前と金額が記された、贈収賄の証拠となる手帳。

もしそこに父、福嶋正興の名前が記されていたのだとしたら、情報の漏洩《ろうえい》を危惧した上層部が、和彦を捜査から外すことはありうるだろう。同僚の検事たちの態度が変わったのも、頷ける。

和彦が福嶋の息子であることは、上層部などのごく一部しか知らない。だが、人の口に戸は立てられないとはよく言ったもので、何度か噂が流れたことはあった。

「父のことと、なにか関係があるのでしょうか?」

「……私は決定を聞かされただけなんだ」

皺の刻まれた副部長の目許がぴくりと震えた。瞬きをする神経質なしぐさ、言い訳めいた口調。それらは、和彦の問いを言外に肯定していた。

「とにかく、明日からは刑事部でがんばってくれ。話はこれだけだ」

おざなりな言葉で和彦を励まし、部屋から出ていくように促す。

現在の特捜部の副部長職は、法務官僚が経歴に箔《はく》をつけるためのポストになっている。和彦を特捜部の応援に指名してくれた前任の副部長は違ったが、いまの副部長は在任期間を大過《たいか》なく過ごせればいいという、ことなかれ主義者だ。

一方的に話を打ち切られ、和彦はぐっと奥歯を嚙み締めた。喰い下がっても無駄なのはわかっている。でも。

「最後に、もう一つだけ質問させてください」

「なんだね」

書類からちろりと目を上げ、副部長が初めてまともに和彦を見た。

「押収された南山建設社長の手帳には、与党の政治家の名前もあったと聞いています。すでに不正献金を受けたことが判明している政治家を含めて、彼らの捜査はしないのですか」

「いまは野党幹事長の捜査で手一杯だ。金額の少ない連中まで立件する余裕はない」

「そんなことで、公平な捜査と言えるのでしょうか」

野党幹事長だけを立件すれば、検察は与党の政治家に対して及び腰だという非難を助長しかねない。和彦の抗議に、副部長は渋い貌になった。

「政治的判断だ」

「官邸筋から圧力がかかったのですか」

「質問は一つだけのはずだ、志岐くん」

「――」

自らの発言を逆手に取られ、和彦はぐっと詰まった。再び書類に目を落とした副部長は、これ以上の会話を拒絶している。

「お世話になりました」

一礼し、副部長室をあとにする。

あっけない幕切れだった。年明けからこのかた、半年あまりに及ぶ時間と労力はなんだったのだろう。

それだけではない。特捜部の検事に憧れた子供のころからの夢や、さらにはこれまでの人生そのものを否定された気がした。

確証はない。しかし、副部長の口から与党政治家の立件を見送るような発言があったからには、上層部に官邸筋や有力な政治家からの働きかけがあったと考えるべきだろう。

かねてから、検事を辞めろとうるさく言っていた父のことだ。今回の和彦の処遇についても、検察上層部の判断だけでなく、父の力が影響しているのかもしれない。

父親というだけで、自分の人生まで支配しようというのか。ただ、血が繋がっているだけで。

身震いするほど激しい怒りが、体の奥深くから突き上げてきた。

父に真相を問い質《ただ》さなければ気がすまない。南山建設から不正な金を受け取ったのか、捜査に横槍を入れたのか、確かめてやる。

だけど、確かめてどうなるというのだろう。

激情に駆られて携帯電話を取り出したものの、ボタンを押している途中で和彦の指が止まった。

腹芸《はらげい》の得意な父のこと、なにも知らないと突っ撥ねられるだろう。

もし父が認めたところで、和彦を捜査から外すという決定はもはや覆《くつがえ》されない。与党の政治家を立件しないという方針もだ。

いくら和彦が納得できないと声を張り上げても、なにも変わらない。検事を辞めたくなければ、命令に従うしかないのだ。

特捜部の検事になれば、理不尽で不公平な世界に立ち向かうだけの、力が手に入ると思っていた。けれど、もっと強大な力が和彦の前に立ちはだかっている。それが、検察の正義さえも歪めているのだ。

――どうにもならない……。

足許が崩れ落ちるような、敗北感が襲ってくる。

ここにいたくない。――なにも考えたくない。

衝動に衝き動かされて、和彦はやってきたエレベーターに飛び乗った。

「なあ」

「……」

聞き覚えのある声がしたが、和彦は無視して歩き続けた。

検察庁のすぐそばにある日比谷公園だ。顔見知りに会わないとも限らないが、広いだけに人目につきにくい穴場もある。

「なあってば」

声の主は無視されても諦めず、なおも後ろをついてくる。うるさい。放っておいてくれ。いまは誰とも口を利きたくない。

「和彦」

さすがに名前を呼び捨てにされては無視できなかった。

「呼び捨てにするな」

「やっと振り返った」

しまった。してやったりという東坂の貌に、内心で歯噛みする。

午後遅い公園では、サラリーマンやＯＬが緑陰で涼んでいた。ベビーカーを引いた親子連れが、噴水の水飛沫に歓声を上げている。

立ち止まって冷静になってみると、のどかな公園を殺伐とした貌で歩いていたことが恥ずかしくなった。しかも、そんな場面を東坂に見られていたのだ。気まずさを仏頂面《ぶっちょうづら》で取り繕い、つっけんどんに訊ねる。

「どうしておまえが、ここにいるんだ」

「お散歩」

しれっとした貌で東坂が答えた。『お散歩』をするような、健全な人間ではないだろうに。

「金儲けで忙しいんじゃなかったのか」

「それを言うなら、あんただって仕事じゃないのかよ?」

あっちで、と東坂が樹々のあいだから見える検察庁を指差す。二十一階建てのビルが、夏の陽射しを弾いて威容《いよう》を誇っていた。

「仕事ね……」

つい皮肉めいた思いに唇が歪む。いつもの和彦らしくない反応を不思議に思ったらしく、東坂が男らしい眉をつと上げた。

「なにかおもしろくないことでもあったのか?」

「……それは、……」

東坂に打ち明けてもいいのだろうか。和彦がためらったとき、近くを歩いていた女性たちのあいだから悲鳴じみた声が上がった。

「見て、あそこの黒猫」

「嫌ね。ふてぶてしい」

日傘を差した年配の婦人たちが、造園業者のトラックのほうを見て囁きあっている。彼女たちの視線のさきには、鳩を咥えた黒猫がいた。

痩せた体に警戒心を漲らせ、金色の瞳を爛々《らんらん》とさせて人間たちを窺っている。病気か怪我で弱っているところを仕留められたのか、それともすでに息絶えていたのか、鳩のほうはぴくりともしない。

「鳩がかわいそう」

「嫌なもの見ちゃったわね」

犠牲となった鳩への同情を口にし、憎々しげに黒猫を睨みながら、婦人たちが通り過ぎていく。いかにも善良そうな彼女たちの会話に、和彦はかすかな反感を覚えた。

都会のど真ん中とはいえ、公園にいる野良猫も鳩も、人間の支配の及ばない野生の生きものだ。そして、この狭い世界の中でも食物連鎖が成立している。

黒猫にとっては、鳩が久しぶりに手に入れた食糧かもしれない。それに、ほかの生きものの命を犠牲にして自らの命を長らえているのは、あの婦人たちだって同じはずだ。

「鳩がかわいそうって言ったって、自分らだってさんざん牛や豚だの食ってんだろうが」

いささか太りじしの婦人たちの後姿を睨み、東坂が痛烈な毒を吐いた。

婦人たちがいなくなるのを待っていたのだろう。黒猫はしっかりと獲物を咥え、素晴らしい速さでトラックの下を潜《くぐ》り抜けて植え込みの中に消えた。

「あの猫だって、俺たちみたいな人間だって、生きてかなきゃいけないのにな」

東坂は婦人たちに罵《ののし》られる黒猫に、ヤクザである自分たちを投影していたのか。さきほどの発言に共感しかけただけに、和彦は肩透かしを喰ったような気分になった。

「そうやって、自分たちの存在も正当化するのか」

「まあね。霞《かすみ》を食っては生きていけないし、生まれた以上は、死ぬまで生きないとな」

「――」

以前にも思ったが、東坂は命を落としかねない、なにか壮絶な経験をしたことがあるのだろうか。それとも、常に危険がつきまとう世界にいるからなのだろうか。

「だいたい、捜査機関に徹底的にマークされてる俺らより、金のためならなんでもするっていうやつらのほうが問題じゃないのか」

「……一理あるな」

和彦が頷くと、東坂がそれこそ鳩が豆鉄砲を喰らったような貌になった。くっきりと切れ上がった瞳が、驚きを浮かべて和彦を凝視している。

「あんたに同意されるとは思わなかった」

「そんなに驚かなくてもいいだろう」

なんでもかんでも、喰ってかかるわけじゃない。まじまじと見つめられて気まずくなり、和彦は東坂に背中を向けた。

「どうしたんだよ、いったい。今日のあんたは、おかしいぜ」

「そうかもな」

再び歩き出すと、東坂もついてきた。隣に並ぶでもなく、一定の距離を置いて。

東坂を追い払う気は失せていた。邪魔をしないなら、好きにすればいい。

小音楽堂を通り過ぎ、池を見下ろす木陰のベンチに腰を下ろした。通行人からは、背中しか見えない。

東坂は少したためらうようなそぶりをしてから、和彦とのあいだに一人分の空間を空けて座った。

なにも言わず、じっと池を見つめている。どうやら、和彦が話し出すのを待つ構えのようだ。

いつも強引で図々しい、この男らしくなかった。様子がおかしい和彦を気遣っているのだろう。

葉群《はむら》を透過する光が地表に描く繊細な文様《もんよう》を眺めているうちに、凍りついていた心が少しずつほどけていく。誰とも口を利きたくなかったのに、さきほどの出来事を話してもいいかという気になってきた。どうせ東坂には、父親のことを知られている。

「捜査から下ろされた」

視界の端で、持て余し気味に投げ出されていた男の脚がぴくりと震えるのが見えた。

「なんでだよ?」

「さあな……父のことが関係しているのかもしれない」

「……そっか」

短いが、染み入るような深い声音だった。下手な慰めの言葉をかけられたり、同情されたりしたら、プライドが傷ついただろう。

二人のあいだに再び沈黙が落ちる。だが、不思議と気づまりなものではなかった。

梅雨明け以来うだるような暑さが続いているが、木陰は風が通り抜けて涼しい。さんさんと降り注ぐ陽射しに、池の水面がきらきらと輝いている。

「なあ、父親ができたとき、どんな気分だった？」

「……え？」

熱心に羽繕《はづくろ》いする水鳥を眺めていた和彦は、ふいに思いがけないことを訊ねられて隣を振り返った。

「父親のことを知ったのは、あんたが高校生のときだよな？　それまでは、知らなかったんだろう？」

東坂の表情は真面目そのもので、下世話な好奇心はかけらもなかった。じっと見つめる真摯《しんし》なまなざしに促されて、遠い日の記憶を手繰《たぐ》り寄せる。

「……驚いたよ。父親は亡くなったと聞かされていたから、いまさらどうして、と恨めしくも思った。……本当は、父親がいたことを喜ぶべきだったんだろうが」

母と二人、古いアパートで身を寄せあうようにして暮らした日々は、経済的に恵まれたものではなかった。未婚のまま身ごもったことで実家から絶縁され、一人で和彦を生み育て、最後には病に倒れた母。

もう少し父が早く自分たちを探し出してくれれば、母を助けることができたかもしれない。福嶋を父として受け入れられない一方で、そんな恨みがましい気持ちもあった。

「もし父親が現れたら、俺もそう思うんだろうな」

父親がいないかのような口ぶりだ。そういえば、東坂はどういう経緯で前組長の養子になったのだろう。組長の地位を継ぐためだったのだろうか。

「俺は父親を知らない。母親のほうは朧《おぼろ》げな記憶があるけどな」

和彦の疑問を察したように、東坂が話しはじめた。

「俺の母親は、親父の愛人が経営してるクラブのホステスだった。俺が四歳のときに、男と駆け落ちしてそれきりだ。物心ついたときから母と二人きりだったから、父親が誰かさえも知らない。たぶんろくでもない男だったんだろうが」

親父というのは実の父親ではなく、前組長のことなのだろう。淡々とした口ぶりには、自分を捨てた母親への恨みもないかわり、感傷も追慕も感じられなかった。当事者である東坂があまりに冷静すぎて、和彦のほうが戸惑ってしまう。

「それきりって……そのあと、どうしたんだ？　四歳だったんだろう？」

「――夏だったんだ」

ふいに頭上から降ってくる蝉時雨《せみしぐれ》が大きくなった。

「その日お袋は、おやつにアイスクリームをくれて、買いものに出かけていった。だが、夜になっても、次の日になっても帰ってこない。男と駆け落ちしたなんて思いもしなかったから、俺はずっと待ち続けた。また次の日も、そのまた次の日も。いい子にして待っててね、と言われたからな」

四歳の子供がたった一人で母親の帰りを待ち続けるのは、どんなに心細かっただろう。和彦は子供のころ、母の帰宅が少し遅くなっただけで、もう二度と帰ってこないのではないかという不安に苛まれたものだ。

「冷蔵庫の中のものを食べきったあとは、残っていたカップラーメンを生のまま齧《かじ》って、なんとか飢えを凌《しの》いだ。そういや、生米も食べたな。腹が減ってどうしようもないときは、水をがぶ飲みした。でも、そのうちにだんだん動けなくなって……水を飲もうとして踏み台から転げ落ちたあたりで、意識を失ったらしい。次に気がついたときは、病院だった。たった八日間で死にかけたなんて、やっぱガキだったんだな」

旅行に行くと言ったきり、出勤してこない東坂の母を不審に思い、様子を見に来たクラブのママに発見されたのだという。好きな男の許に行くから探さないでほしい、という置き手紙も見つかった。

前組長の愛人だった彼女は、母親に捨てられた東坂に同情して引き取ってくれたそうだ。その縁で前組長に気に入られてつき従ううちに、多岐川に目を留められ、本家の部屋住みになったのだという。

「だから、俺にとっては親父が父親で、姐《ねえ》さんが母親のようなものだ。そんな俺に、若頭と補佐が存在意義を与えてくれた」

想像を絶する、壮絶な過去だった。武器も使用しないし、血も流れない。けれど、四歳の子供にとってはまさしく、生きるか死ぬかの闘いだったのだ。

かける言葉が思いつかず、和彦はただ東坂の横顔を見つめた。野生の獣のように気高い男の意外な過去に触れて、心の奥が激しく波立っている。

同情、憐憫《れんびん》――そんな単純なものではなかった。

もしも子供のころ、東坂が隣に住んでいたら、もっと早く異変に気づいてあげられたのに。

母親の言葉を信じて、ひたすら帰りを待ち続けた東坂の気持ちが哀しい。無責任な東坂の母親を、罵倒《ばとう》してやりたいとさえ思った。

「あんたのほうが、死にそうな貌してるな」

「そんなことは……」

こちらを振り返った東坂が柔らかく微笑むから、かえってやりきれなかった。東坂はたぶん、和彦の同情など欲していないだろう。

「あんたが検事になったのは、親父さんの職業と関係があるのか？」

衝撃が治まらないまま再び自分に話題を振られ、和彦は一瞬たじろいだ。

「あ……いや。検事になりたいと思ったのは、特捜部の活躍を取り上げたテレビ番組を見たのがきっかけだ。ただ、父親のことを知ってからは反発もあったと思う」

いままでなら話さなかっただろう。東坂の子供時代を知ったからではないが、自分の胸に渦巻くものを聞いてほしいと思った。

「おまえに言われなくとも、絶対の正義などというものが存在しないのはわかっている。それでも特捜部に入れれば、理不尽なものに対抗できるだけの力が手に入ると思っていたんだ。けど、今回捜査から外されたことで、いつまで経っても父の支配から逃れられない気がして……たまらなくなった」

今回の上層部の対応を鑑《かんが》みるに、和彦が今後、特捜部に配属される可能性は極めて少ないだろう。上層部にとって和彦は、要注意人物なのだ。

再び襲ってきた絶望と虚無感から逃れたくて、ベンチにもたれて空を見上げる。

いい天気だった。澄みきった青空に、白い雲が浮かんでいる。和彦一人があがいても、世界はなにも変わらずに続いていくのだ。どうしようもないことを悩んでいる自分が馬鹿らしくて、だけど、悩まずにいられない。

「……もうなにも考えたくないな」

ため息とともに、そんな一言が洩れた。他人に弱音じみたことを吐くのは、これが初めてだ。

「――なにも考えられなくしてやろうか？」

潜めた囁きがして、腿の上に放り出していた手に東坂の手が重ねられた。外気よりもなお熱い、大きな手。発熱したようなそれに煽られて、身の裡がじんわりと熱くなる。

「つけ込むのか」

「弱みにつけ込むのが俺の仕事だって、言っただろ？」

空を見つめていた視線をゆっくりと巡らし、隣の東坂を見遣る。陰になった男の貌が一瞬暗転し、軽い目眩がした。

それは以前のような、底の見えない深みに引きずり込まれそうな恐怖を伴うものではない。自ら身を投じたくなるような、甘やかな衝動を呼び起こすものだった。

「あんたはなにも考えなくていい。俺に任せておいてくれれば。そうすれば、少しは楽になれると思うぜ。——どうする？」

熱情を孕んだ漆黒の瞳。

自分を見つめるまなざしに操られるようにして、和彦は小さく頷いていた。


「っ、ん……」

首筋から鎖骨にくちづけられて、小さな喘ぎが鼻を抜ける。

——なにも考えられなくなるような、残酷な抱き方をするのかと思ったのに。

東坂の愛撫は、会わなかった時間を埋めるように濃《こま》やかで、じれったいほどにやさしかった。

「あ…っ」

紅く凝った胸先の尖りに音を立てて吸いつかれ、ベッドに横たわる和彦の全身がびくんと跳ねた。シャワーの水滴に濡れていた肌はいったん乾き、今度は汗にうっすらと濡れている。

シャワーを浴びたあともつれ込むようにしてベッドに倒れ込んだせいで、東坂もなにも身につけていない。身じろぐたびに互いの素肌が触れあい、和彦の羞恥と快感を煽った。

「や…やめ……」

「まだ恥ずかしいのか?」

指と指を絡めて和彦をシーツに縫い止め、東坂がくすりと笑う。細められたまなざしは、羞じらう和彦を愛おしそうに映していた。

「あんたはなにも考えずに、ただ感じてりゃいいんだよ」

「ん…んっ」

東坂が乳首を食んだまましゃべったせいで微細な振動が生じ、熱を孕んだ下肢がとろりと濡れる。東坂に気づかれたくなくて腰を引いたが、すかさず大きな掌に昂りを包み込まれた。

「もっとよくしてやるから」

「あっ、あ…っ」

長い指が絡みつき、巧みに扱かれる。焦らすのでも、強制的に官能を引きずり出すのでもない。ただ和彦を高みへと導くための愛撫だった。

敏感な括《くび》れを締めつけられ、浮き立った筋をなぞられる。ねっとりと潤んだ蜜口を割り開くようにされると、熱い蜜がとろとろっと零れた。

「あ…っ、あ…っも…っ」

シャワーを浴びている最中から高められていた体には、耐えがたい責め苦だった。堪えようとしても、絶え間なく湧き上がってくる快感に腰が揺れてしまう。

「我慢せずに達きな」

「あ、あ…っ」

甘く潜めた低音に唆され、膨らんだ乳嘴にかりっと歯を立てられた瞬間、和彦は大きく体を震わせて達していた。東坂の掌に包まれたまま、白濁を噴き上げる。

「は……」

目を閉じていても、東坂の視線をはっきりと感じた。見られている。東坂の手で絶頂に導かれ、はしたなく喘いでいる貌を。

「多いな。――それに、濃い」

「……っ」

あからさまな台詞にぎょっとして目を開けると、東坂が指先から滴る白濁を舐め取るところだった。

る。

「な…なんで、そんなものを……」

舐めるなんて、信じられない。羞恥に眦を染める和彦に、東坂がさらに追い討ちをかける。

「俺と会わなかったあいだ、自分でしなかったのか？」

「してな…い…っ」

震え上がるようにしてかぶりを振る。強制捜査で忙しくて、欲望にかまけている暇などなかった。けれど、疲れているのに東坂との行為を思い出してしまい、なかなか寝つけない夜があったのは確かだ。

「ふうん？　ま、これ以上は追及しないでおいてやるよ」

快楽に対する和彦の耐性のなさを知り尽くしている東坂は、疑わしいといった顔つきながらも、納得してみせた。

「今日はあんたを可愛がりたい気分だし」

「ど…どうして……」

あんまりにも打ちのめされていたから、同情したのか。濡れた睫毛《まつげ》を瞬かせて訊ねると、東坂がくすりと笑った。

「だから、あんたはなにも考えなくていいんだってば」

「……っん」

よけいなことは考えるなと、甘やかすようにくちづけられる。丹念に唇を吸い上げてから、熱い舌先が押し入ってきた。

自分が放ったものの匂いがするようで、いたたまれない。少しでも残滓《ざんし》を拭い去ろうと、自分から舌を絡めた。

互いの舌が深く絡みあい、唾液が濡れた音を立てる。熱くなった体がさらに熱を帯び、頭の芯まで愉悦に蕩けていく。

「ん…っ」

まだ硬い花茎をまさぐられて喘いだ弾みに、くちづけが解かれた。蜜を蓄《たくわ》えた袋を揉みしだかれ、とろとろと残滓が零れ落ちる。

「まだ重い。いい子にしてたんだな」

ただでさえ色気のある目縁を艶かしく撓《たわ》ませて、東坂が満足そうに微笑む。年下の男にいい子などと言われても屈辱なだけなのに、和彦が覚えたのは怒りではなく、羞恥だった。なぜか東坂が、やけに嬉しそうだったからかもしれない。

「……ぁ」

まだ力の入らない体を裏返しにされ、腰を高く掲げた、四つん這いの姿勢を取らされる。双丘を大きく割り開かれて、切れ込みの浅い狭間の奥を男の眼下に晒された。

――もう？

背後から腰を抱え直されて、和彦が身構えたときだった。

「ッ」

あらわになった部分に、なにか柔らかなものが触れた。熱くぬめった感触が生々しくて、肌がさあっと粟立つ。

まさか。窄まりに触れたものの正体に思い至ったとたん、全身の血が沸騰《ふっとう》しそうになった。

「や…やめ、ろ、そんなとこ…ろ、汚い…っ」

「汚くねぇよ。さっき俺が洗ってやっただろ」

「う……」

体の中心からくぐもった声が聞こえる。信じられない。いちばん恥ずかしい場所を東坂の眼前に晒しているばかりか、舌先で愛撫されているなんて。

『洗ってやるよ』

ホテルに入り、永井に連絡したところで和彦はいくぶんの冷静さを取り戻した。シャワーを浴びさせてくれ——いまさらながら恥ずかしくなってバスルームに逃げ込んだが、東坂がすかさず押し入ってきた。

熱いシャワーの下でキスをされ、愛撫に等しい手つきで、全身をくまなく洗われて。もちろん、いま東坂の舌先に暴かれている場所も洗われた。けれど、だからといって羞恥が薄れるわけではない。

「や…、いや…だ、やめ……」

半狂乱になって身を捩ったが、後ろから押さえつける腕はびくともしなかった。いっそ

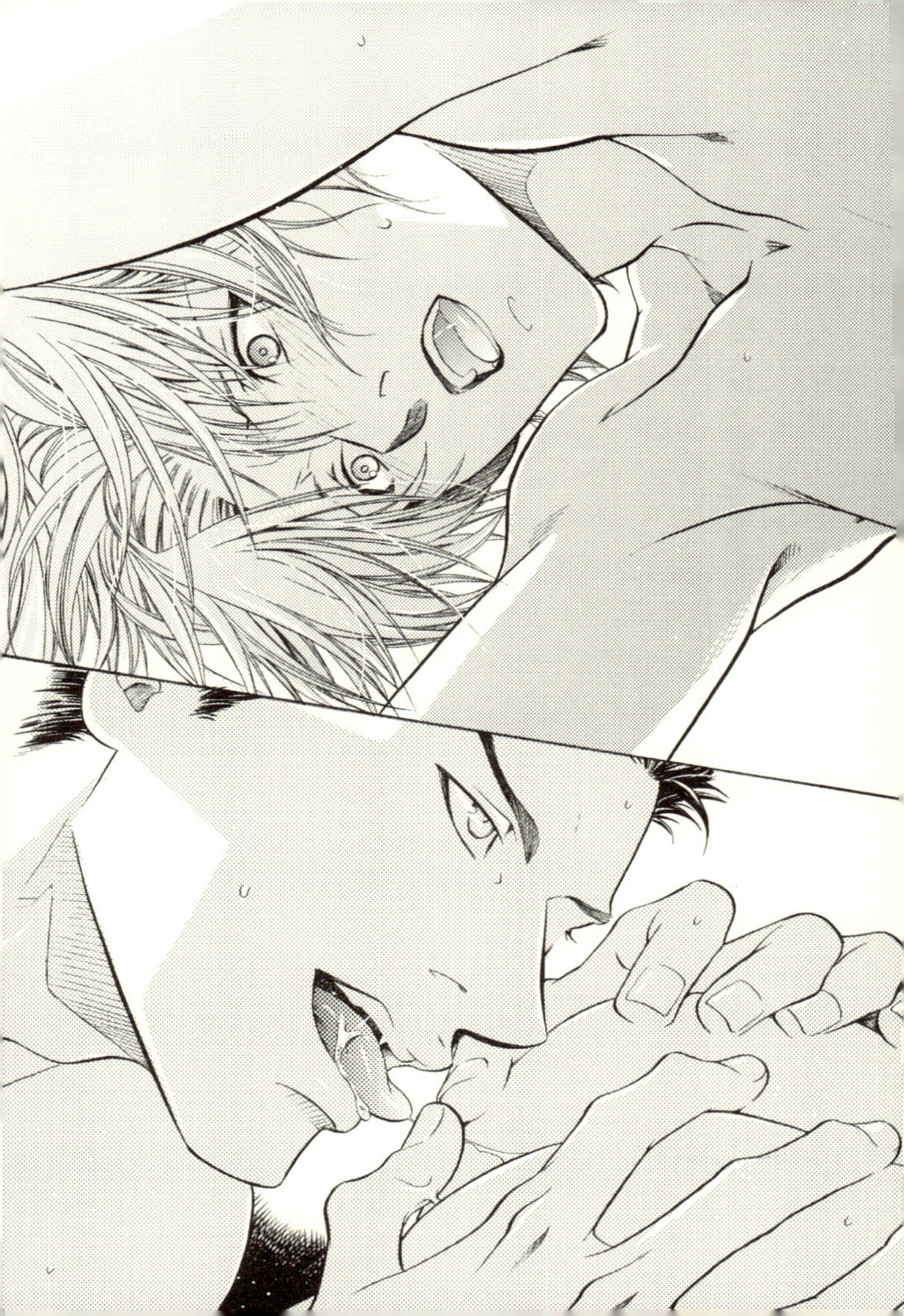

う和彦に腰を突き出させて、熱い舌をひたりと押しつけてくる。

「久しぶりだから、慣らさないときついぜ。頼むから、おとなしくしててくれ。——あんたを、傷つけたくないんだ」

頼むなんて、いつもは言わないくせに。低く押し殺した声音で言い足された言葉が、東坂の偽りのない本音だとわかるから、抵抗できなくなった。

「っ…く、ふ……ぅ」

内腿を掠める吐息、最奥から洩れるかすかな濡れ音。繊細な襞の一枚一枚を、たっぷりと濡れた舌が撫で擦る。舐め溶かそうとするかのような、執拗な愛撫だった。

一度弾けた花茎が、触れられないまま再び昂っていく。目の前のシーツを握り締め、羞恥と快感をやり過ごそうとした。

「あ、う…っ」

蕾の両端に添えた指で左右に押し開かれ、綻んだ花弁のあわいに細く尖った舌が潜り込んでくる。指よりはずっと柔らかな、濡れた熱。

突き入ってきた舌に、届く限りの深みまで舐められる。流し込まれた唾液が、柔襞を舐めずるようにしてとろりと滴り落ちた。

「あ…っ、あ、や……ぁ」

奥まで潤ったころあいを見計らい、くぷくぷと音を立てて舌を抜き差しされる。そこが性交のための器官であることを思い知らせるような、卑猥な動きだった。

「あ…あ、……や、あっ」

男の舌が閃くたび、灼けつくような羞恥と全身が蕩け落ちそうな快感が湧き上がってくる。硬くなりはじめていた果実は瞬く間に熟れて、甘い蜜を零した。

「も……もう、や……」

舌では届かない、もっと奥のほうが疼いていた。意識しないまま、深い愛撫をねだるしぐさで和彦の細腰がうずうずと揺れる。

「んー……もうちょい」

「あ、んッ」

熱いぬかるみと化した蕾に指を突き立てられて、高い喘ぎが洩れた。いっきに根元まで沈んだ指が奥を捏ね、唾液を行き渡らせるようにして前後する。さらに、指を食んだ淫らな花の輪郭《りんかく》を、熱い舌にくすぐられた。

「ひ……あっ」

まとわりつく粘膜をぐるりと掻き回されて、熟れきった果実が大きく跳ねる。

また達ってしまう――。切実な危惧を覚えて、はちきれそうになった自身を握り締める。

自分ばかり何度も達ってしまうのは、あまりにも慎《つつし》みがない。

「自分でしたくなったのか?」

「ちが……も、出そうで……」

こうしないと我慢できそうにないから、と消え入りそうな声で告げると、東坂が低く唸った。

「あんまり可愛いこと、すんなよ」

「あんっ」

ぐずぐずに蕩けた花筒を擦り立てながら指を引き抜かれて、その感触にも濡れた声が洩れた。

「我慢が利かなくなるだろ」

「……東坂……？」

硬く張りつめた昂りが腰に押しつけられる。先走りに濡れたその熱さに驚いて振り向くと、東坂は見たこともないような貌をしていた。怒ったような、焦れたような、複雑な貌だ。和彦を見据える瞳は激しい希求の色を浮かべ、いまにも暴走しそうな欲望を理性の鎖でかろうじて繋ぎ止めているように見える。

いつも余裕たっぷりに、和彦を玩具のように翻弄する男が、いったいどうしてこんな貌をしているのだろう。

「あんたがもう勘弁してくれって泣き出すくらい、可愛がってやろうと思ったのに」

もう充分泣かされていると思うのに、東坂は悔しそうだった。和彦を抱き起こし、仰向けに横たえる。

「後ろから嵌めてるところを見るのもいいけど、あんたの感じてる貌が見たい」

「……ぁ、っ」

東坂の台詞で熱を持った頬が、体を二つ折りにされる格好で両脚を大きく開かれて、さらに熱くなった。

膝立ちになった東坂が、己の雄芯を濡れ綻んだ花弁に押し当ててくる。

「あぁ…っ」

鍛《きた》え上げられた切っ先が、真上から突き刺さるようにして打ち込まれる。蕩けきった花筒を抉じ開けられ、ずずっと濡れた音がするほど激しく擦り立てられて、和彦の身の裡で一瞬にして熱い愉悦が沸き返った。

「あ…あっ」

最奥まで東坂に征服された瞬間、和彦の全身がびくびくっと痙攣した。隙間なく満たす男の屹立をぎちぎちに締めつけながら、法悦《ほうえつ》の証を噴き上げる。

「あ……ぁ……」

急激すぎて、なにが起きたのか自分でもわからなかった。弛《し》緩《かん》と緊張を繰り返す体の奥で、貪欲《どんよく》な柔襞が銜え込んだ熱を離すまいと巻きついている。

「入れただけで達くとは思わなかったな」

「……ぅ」

和彦の淫らさを詰りながらも、笑みを含んだ声音は甘く、柔らかい。胸許まで飛び散った白濁を塗り広げる東坂の指の動きにも感じてしまい、過敏になった肌に細波のような震えが走った。

「そんなによかったか?　なあ」

「あっ、あ…っ」

絶頂に頬を火照らせる和彦の表情を見ながら、東坂が深く沈めた腰を小刻みに揺する。みっしり押し包む粘膜の猥雑《わいざつ》な動きが、いっそう激しくなった。

「たまらないな、あんたの体。奥までとろとろになってるのに、きゅうきゅう吸いついてきてさ」

自分でも制御できない内奥の蠢《うごめ》きをあげつらわれて恥ずかしくてたまらないのに、ぞくぞくした痺れが背筋を這い上がってくる。二度達してなお、とろとろと蜜を零す花茎が萎えようとしないのが自分でも怖かった。

「もっと、あんたの中に俺を入れてくれ」

熱い囁きが落ちる。

これ以上どうしろと言うのだろう。頭の中から爪先まで、東坂に占められているのに。

「……入ってる、だろ…う……」

掠れた声で切れ切れに返すと、見下ろしていた東坂の眉がくっと寄せられた。なにかを堪えるような、艶めいた表情。

「ぜんぶだ。──この中にも、もっと」

「……ぁ、っ」

大きな掌に胸を撫でられて、和彦のしろい肢体が慄く。

体だけでなく、心も明け渡せ——東坂はそう要求しているのだ。

この胸の中にだって、いつの間にか東坂がしっかりと居座っている。そうでなければ、捜査から下ろされたことも、検事になったきっかけも、父親に対する複雑な感情も、話さなかっただろう。

最低のはじまり方をした相手なのに。それだけに悔しくて、自分の気持ちを素直に認められなかった。

「和彦」

なにも言えずに胸を喘がせていると、もどかしそうな声音に名前を呼ばれた。上体をかがめた東坂に内部をぬらりと擦られて、あ、と開いた唇をくちづけで塞がれる。

「ん、っ」

啄むようなキスを幾度か繰り返され、舌先で唇の隙間をなぞられる。強引に抉じ開けるのではなく、中に入れてくれとせがむように。

もどかしいほどやさしいくちづけに耐えきれず、自ら唇を開いて男の舌先を迎え入れる。舌を搦め捕られると、東坂を受け入れた部分までが悦楽に慄いた。

二つの場所で深く繋がりあいながら、蕩けるような愉悦に溺れていく。二つ折りにされた苦しい体勢も、もう気にならなかった。

「……あ、ぁ…っ」

くちづけから解放されるなり、大きく腰を引いた東坂にぐんと突き上げられる。たっぷりと潤んだ粘膜は久しぶりの抽挿を柔軟に受け入れ、湿った喘ぎを洩らした。

「抜くときと、入れるとき、どっちがいい？」

「あっ…あ、わか…らな……」

どっちがいいかなんて、わからない。どこもかしこも、気持ちがよくて。

「困ったな。わからないほど、いいのか？」

「あ…っ、あ、ん…っ」

内部の弱みを張り出した先端につつかれて、抱え上げられた両脚が爪先まで痙攣した。虚勢を張る余裕もなく、快感に朦朧としながら頷く。

最奥までみっちりと嵌め込んで小刻みに突いてきたかと思えば、抜け出る寸前まで退いて、いっきに捩じ込んでくる。一突きごとに、抽挿は激しさを増した。

男の動きに合わせて腰をうねらせながら、目の前の広い肩にしがみつく。東坂にすがっていないと、体がどこかに吹き飛んでしまいそうだった。

立て続けに二度射精したせいか、勃ち上がった花茎はだらだらと蜜を零すだけだ。東坂と繋がっている限り、快感は途切れない。時折、男の引き締まった下腹部に花茎を擦られて、惑乱しそうなほど感じた。

「ひ……あ、ぁ…ッ」

捻るように腰を叩きつけられて、脳髄までが法悦に痺れる。溶鉱炉のようにどろどろに蕩けた中心を穿つ、灼熱の存在だけがリアルだ。

「あー……くそ、気持ちいい」

背中を撓らせた和彦にぎりぎりと締めつけられ、東坂が水浴びした犬のように、ぶるっと身震いした。もうこれ以上はないだろうと思っていたのに、内部を押し広げるようにして東坂がなお膨らんでいく。

――東坂が、感じている。

みっしりと汗を浮かべた額。込み上げる快感を堪えるようにひそめられた眉。眇められた瞳には、獰猛な欲望が燃えている。

東坂の艶《なまめ》かしい表情を目の当たりにし、驚くほど甘い悦《よろこ》びが和彦の胸に広がった。知らなかった。快楽を共有することが、もっと深い愉悦を生むなんて。

「……和彦」

限界が近づいた男の艶かしく潜めた声音が、和彦の鼓膜を愛撫する。

何度目かの絶頂の予感に駆られながら、和彦は男の背中にすがる手に力をこめた。


「和彦」

「……」

指先までが、甘い倦怠《けんたい》感に痺れている。口を開くのも面倒だった。ベッドに横たわったまま視線だけを上げると、東坂が小さく吹き出す。

「呼び捨てにしても、怒んないんだな」

「……いまさらだろう」

最中に何度も呼び捨てにされたし、第一、怒る元気もない。乱れていた呼吸に治まったものの、さんざん喘いだせいですっかり声が嗄《か》れていた。

「飲むか？」

東坂がミネラルウォーターのボトルを掲げてみせる。ちゃぷんと揺れる水を目にしたとたん、喉の渇きを自覚した。

和彦が頷いたのを見て、東坂がボトルに口をつける。避ける間もなく、覆い被さってきた東坂にくちづけられた。

「な、……ん…っ」

唇を抉じ開けられ、水を口移しにされる。

甘い。ぬるまっているのに、不思議と気持ち悪くなかった。まろやかな水が荒れた喉をやさしく撫で、乾いていた体に浸透していく。

和彦が嚥下《えんか》するのを確かめてから、東坂が再び水を含んで唇を重ねてくる。飲めば飲むほど餓《かつ》える海水のように、東坂が与えてくれる水が欲しくなった。

いや、水ではない。欲しいのは、東坂のくちづけだ。

かぶりを振ってもう充分だと訴えるまで、何度も水を与えられた。

和彦の上から退いた東坂がボトルをあおる。くっきりと浮き出た喉仏が上下するさまに目を奪われそうになり、和彦は東坂に背中を向けた。

窓の外には、銀座の夜景が広がっている。東坂に連れていかれたのは、最近日本に進出した外資系のラグジュアリーホテルだった。

何度抱きあったのだろう。ホテルに入ったときはまだ明るかったのに、いつの間にか外は夜になっていた。

なにより大事だった仕事を放り出し、真っ昼間から男とセックスに耽った。

これまでの自分なら絶対にありえない、奔放《ほんぽう》な行動だ。特捜部入りの夢が破れて衝撃を受けていたし、自暴自棄にもなっていた。なにより、現実から逃げたかった。そのために、東坂を利用したようなものだ。

けれど、もし見ず知らずの男から誘われたなら、即座に拒絶していただろう。

日比谷公園で東坂に会わなければ、子供のころの話をしなければ、なにもかも忘れたいなんて弱音は吐かなかった。相手が、東坂でなければ――。

最悪な形で体を奪われ、いっときは殺したいほど憎んだ男。

けれどいままでは、憎悪とは異なる感情が和彦の胸を占めている。東坂への気持ちを自覚してしまえば、よけい頬が熱くなって後ろを振り向けなくなった。

背後でベッドが軋み、そっと伸びてきた指に髪を撫でられる。和彦に拒まれるのを恐れるかのような、慎重なしぐさだった。

夜景を映し込んで黒い鏡と化した窓ガラスが、部屋の様子を映している。東坂は慈《いつく》しむようなやさしいまなざしをして、横たわる和彦を見下ろしていた。

――そんな貌をするな……。

もしかしたら、欲望を解消する相手以上の存在に思われているのではないかと錯覚しそうになる。

髪を梳《す》く指が、気持ちいい。触れられるたびに言葉にならない感情が浸透してくるようで、東坂の手を振り払えなかった。

静かだ。空調のかすかな音以外、なにも聞こえない。夜景を眺めていると、空中の楼閣《ろうかく》に東坂と二人だけで隔離されたような気分になってくる。

しばらくして、東坂がいくぶん緊張気味に口を開いた。

「言い忘れてたことがあるんだ」

「……なんだ」

髪を撫でる東坂の指が離れたのが残念で、少し尖った声が出た。

「組のほうでちょっと揉めごとが起きてて、しばらく会えそうにない」

揉めごとと聞くなり、以前レストランで多岐川たちと遭遇した際の会話を思い出した。

東坂組内部に、東坂に反抗的な連中が存在するという話だったはずだ。

「泰宏とかいうやつが、絡んでいるのか？」

「勘がいいな」

窓越しに東坂の表情を確かめるのがもどかしくなり、和彦は体を起こして後ろを振り返った。

「泰宏というのは？」

「親父の実の息子だ。跡取りのはずだったんだが、好奇心に負けて違法ドラッグに手を出しちまってな。……ほかにもいろいろあって、親父に跡目から外された」

苦い口調と、伏し目がちになった表情に、東坂の複雑な感情が見え隠れしていた。前組長への恩義、その実子への遠慮、彼を押しのけて跡目を襲名したことへのやましさ。恐らくそういったものだろう。

「そいつが、おまえに楯突《たてつ》いているのか」

「泰宏さんというより、取り巻きだな。やつらにとっちゃ、どこの馬の骨とも知れない俺を組長と崇《あが》め奉《たてまつ》らなきゃならないのがおもしろくないのさ」

東坂らしくない自虐的な言葉に、針で刺されたように胸が痛んだ。いまとなっては、父親が誰かもわからなければ、母親の行方もわからないのだ。

「親父の立場も、泰宏さんの立場もある。なるべく穏便にすませようと思ってたんだが、向こうから仕掛けてきたんじゃ仕方がない。跡目を継いでそろそろ一年、ここらで組をまとめ上げないと、俺を推してくれた若頭の面子《メンツ》まで潰しちまうからな」

実子を組長に祀《まつ》り上げたい連中にとって、東坂は邪魔者でしかないだろう。暴力的な手段で東坂を排除しようと考える者もいるかもしれない。東坂のボディーガードたちの警戒ぶりにも、納得がいった。

「おまえ……狙われてるのか？」

もし、東坂が血を流すようなことになったら——。言い知れぬ恐れが湧いてきて、思わず東坂の腕に触れていた。

「心配してくれるのか？」

「う…自惚《うぬぼ》れるな。どうして私が、おまえの心配なんかしなきゃいけないんだ」

自分の行動に狼狽し、和彦は東坂から手を離そうとした。しかし、嬉しそうに目を細めた男に手を掴み取られてしまう。

「素直じゃねぇな。ま、そこも可愛いんだけど」

「…っ」

年下のくせに。きっと眦を吊り上げたものの、ぱくりと口を開けた東坂に指先を食まれて息を呑んだ。

「俺と会えなくて淋しいだろうが、いい子にしててくれよ。俺のあとをつけたときみたいな、無茶な真似は絶対にするな」

「どうして、それを……」

「あんな下手な尾行してりゃ、ばれるって。でも、まさかあんたがとっ捕まってオークションに出てくるとは思わなかったけどな。——それより、わかったか？」

「や…、やめ…っ」

指先に軽く歯を立てられ、つきんと甘い痛みが走る。熱く潤った粘膜に人差し指を締めつけられ、卑猥に舐めしゃぶられると、ようやく鎮まった欲望がまたぞろ頭をもたげそうになった。

「ほら、返事は?」

「わ…わかったから、手を離せ……っ」

仕方なく承諾すると、ようやく指が解放された。

「安心しろよ。なにがあっても、あの黒猫のようにしぶとく生き抜いてやる」

力強いまなざしで、東坂が宣言する。

公園で見かけた、黒猫。痩せた体に精一杯の気迫を漲らせ、獲物を奪われまいと人間たちを威嚇《いかく》していた姿に、たった一人で八日間を生き抜いた、子供のころの東坂が重なる。

けれど、いまの東坂はあんな野良猫とは比べものにならないくらい逞しくて、強い。自分に逆らう者は、その鋭い爪牙《そうが》で容赦なく屠るだろう。

「だから、誰もおまえのことなんか……ぁ、っ」

摑まれたままの腕を振り払おうとしたら、逆にベッドに引き倒された。

「なあ、もう一回いい?」

ご飯のおかわりをするような口調のくせに、和彦を見つめるまなざしだけは痛いほど真剣だった。

どうして訊くんだ。いままでは、好き放題してきたくせに。

ここで頷けば、明日は起きられなくなるかもしれない。なにより、自分の意思で東坂に抱かれることになる。

けれど、それでもいいかとも思った。今日だって、自分の意思で東坂の誘いに乗ったのだ。

しばらく会えないのなら、もっと東坂が欲しかった。会わないあいだも、この男のぬくもりを忘れないように。

羞じらいやためらいを押し殺し、極力そっけなく言葉を吐き出す。

「……好きにすればいい」

「じゃ、お言葉に甘えて」

和彦の返事を待ちかねたように、東坂が我がもの顔でくちづけてくる。

おずおずと手を伸ばすと、張りのあるなめらかな肌が触れた。逞しい体躯の重み、少し高い体温。重なった胸からは、確かな鼓動が伝わってくる。どれも、東坂が生きている証だ。

——大丈夫だ。この男が、死ぬわけがない。

湧き上がってくる不安から逃れたくて、和彦は男のくちづけに夢中で応えた。

7

「どうして盗んだのですか？」

「雨が降ってるのに、ベランダに干したままになってて……周りに誰もいなかったし、つい手を伸ばしてしまったんです」

今日送検されてきたのは、二十代のフリーターだった。アパートの一階に住む被害者の女性宅から、下着を盗んだ疑いが持たれている。

和彦が調書を読み聞かせ、被疑者の言い分を聞き出す。永井はそれを、弁解録取書としてパソコンに打ち込むのが仕事だ。

「そのまえの三度の犯行も、『つい』とありますが」

「本当に出来心なんです。あのベランダ、一階にあって外から丸見えなのに、平気で下着干してて……だから、つい」

まるで被害者のほうが悪いかのような口ぶりだ。確かに被害者にも不注意な点はあるが、盗んだ人間のほうが断然悪い。

家宅捜索の結果、若者の自宅から被害者の下着が複数見つかった。本人も四度の犯行を認めているが、犯罪を犯したという自覚は希薄《きはく》なようだ。

「俺、これからどうなるんすか？」

「まず、十日間の勾留《こうりゅう》を裁判所に請求します。そのあいだに、あなたや関係者からさらに事情を聞いて事実関係を調査したうえで、処分を決定することになります」

情けなさそうに眉を垂れた若者が、「十日間も……」と息を呑む。

「そのせいでバイトがクビになったら、責任は取ってもらえるんですか？」

和彦は軽い目眩を覚えた。アルバイトで生計を立てている若者が、クビになるのを心配するのはわかる。ましてこの不景気な世の中、新しいアルバイトを見つけるのはたいへんだろう。だが。

「気の迷いで盗んだとしても、窃盗は犯罪です。しかも、四度も犯行を犯している。アルバイトの心配をするよりさきに、自分が犯した罪の重さを自覚しなさい」

厳しい口調で諭《さと》すと、若者が不満そうに口を尖らせた。

「最近、常識が通用しない連中が増えましたね」

若者が係官に連れられて検事室を出ていくのを待ちかねたように、永井がやれやれとため息をついた。

異動を命じられたあの日、真面目な和彦が勤務中に出奔《しゅつぽん》したことから、衝撃の深さを察したのだろう。永井は文句一つ言わずに荷物の移動を手配してくれた。

永井自身さぞ心残りだったろうに、刑事部に戻ってからも、変わらない態度で接してくれる。

「万引きにしてもそうですが、この程度はたいした罪にならないだろうという考えがあるようですね」

「嘆かわしい限りです」

和彦の言葉に、永井が苦い貌で頷く。

下着泥棒に無銭飲食、酔っ払い同士の喧嘩。刑事部に戻った和彦を待っていたのは、日常生活上で起こりうるありとあらゆる犯罪だった。

送検されてくる被疑者も、実にさまざまだ。罪の意識に苛まれている者もいれば、自分の罪の重さをまったく理解していない者もいる。

検察官は法の下、どんな被疑者も平等に扱わなければならない。それが、公正であるということだ。

和彦も先入観を持たずに接しようと心がけているのだが、さきほどのような被疑者を相手にするとさすがに脱力感を覚えてしまう。

刑事部に戻って、一週間。特捜部が扱う犯罪とは種類も規模も異なるが、刑事部の仕事にやりがいがないわけではない。

それでも時折、特捜部特有の張りつめた空気がどうしようもなく懐かしくなるときがあった。ささいな事象から事件の糸口を見つけ、証拠を積み重ねていく。緻密さが要求される捜査には、真実に迫っていく緊張感と充実感があった。

不正献金事件を捜査している途中で外されただけに、和彦の無念は大きかった。戻れるものなら、いますぐにでも戻りたい。

永井には、またいつか機会がありますよと慰められたが、副部長とのやりとりからして、まず期待できないことは和彦自身、よくわかっている。

父からは、不気味なほど音沙汰がなかった。特捜部に応援で入ったことじたい告げていないので、静観するつもりなのかもしれない。

「まだお帰りにならないのですか？」

帰り支度を終えた永井が、遠慮がちに声をかけてくる。もうそんな時間かと時計を見ると、定時を過ぎていた。

「読んでおきたい調書があるので、少し残っていきます。奥さまによろしく」

「では、おさきに失礼します」

照れ臭そうに微笑みながらも、永井は心持ち浮かれた様子で帰っていった。今日は妻の誕生日で、夫婦水入らずで食事をするのだという。鞄の中には、永井がさんざん悩んで買ったプレゼントが入っているはずだ。

微笑ましい気持ちで永井を見送ったあと、和彦はふっと息をついた。机の上に広げていた調書を片づけ、べつの資料の束を取り出す。南山建設の子会社やダミー団体の口座の写しだ。

通常業務を終えたあと、南山建設の不正献金事件を調べるのが和彦の日課になっている。

上司にはもちろん、永井にも秘密だ。永井に言えば、きっと手伝ってくれるだろう。だからこそ、人のいい永井を巻き込みたくなかった。

南山建設から野党幹事長が不正な献金を受けていた一件はマスコミの知るところとなり、最近では談合の調整役だった秘書だけでなく、幹事長が逮捕されるかどうかに関心が集まっている。すでに一部のマスコミからは、野党の政治家だけを狙い撃ちにしたのではないかという非難の声が上がっていた。

特捜部はいまごろ、野党幹事長の秘書の逮捕を念頭に、強制捜査の準備を着々と進めているだろう。南山建設社長の手帳の裏づけ調査も進んでいるはずだ。

あのときの副部長の話しぶりからすると、不正献金の金額の少ない事例は立件を見送る方針のようだったが、贈収賄ともなるとそうはいかない。第一、世論が赦さないだろう。

検察の正義には、限界がある。ならば、和彦なりのやり方で真実を突き止めるしかない。

資料に取りかかるまえ、和彦はふと気になって机の上の携帯電話を確かめた。やはり、メールもメッセージもない。

『組のほうでちょっと揉めごとが起きてて、しばらく会えそうにない』

会えないどころか、あれから東坂はまったくの音信不通だ。

しばらくというのがどれほどの期間を指すのかわからないが、これほどぴたりと連絡が途絶《とだ》えると、気になってしょうがなかった。

いまごろ、どこでどうしているのだろう。まさか、怪我をしているのではないか。

東坂組の内部抗争を告げるニュースが流れるかもしれないと思うと、テレビを観ていても落ち着かなかった。それでも、ニュースをチェックせずにいられないのだ。

東坂の身を心配する日が来るなんて、思いもしなかった。以前、いっそ抗争でも起きてくれればいいのにと願った罰だろうか。

これ以上ない最低の方法で辱められ、男としてのプライドどころか、人としての尊厳さえ根こそぎにされた。

いまだって、オークションの際の東坂の仕打ちを赦したわけじゃない。たぶん、これからも赦せないだろう。

赦せないけれど、でも、東坂に惹かれている。

認めざるを得ない。東坂のことが心配なのは、東坂に惹かれているからだ。

欲望に搦め捕られて、自分自身の気持ちを錯覚しているのではないかとも思ったが、それだけならこれほど東坂のことを心配しないだろう。

和彦が痩せたのに気づいて食事に連れていこうとしたり、寝入った和彦をベッドに運んでくれたり。

ときに独りよがりで一方的だったけれど、東坂が与えてくれたやさしさは偽りではなかった。ふとした瞬間に見せた、素の表情もだ。

だからこそ、東坂への憎しみに凝り固まっていた頑なな心を揺さぶられたのだ。

オークションの際、東坂は和彦の正体を暴露しなかった。和彦の素性を知られず、かつ怪しまれずに助け出すには、あれが唯一の方法だったとも考えられる。

もしほかの客に買われていたら、いまごろは間違いなくこの検事室にはいないだろう。

いや、すでにこの世にさえいないかもしれない。

一億円で買ったんだと所有権を主張するわりに、東坂はビルを手放す羽目になったことを自分からは告げようとしなかった。都内にあるビルなら、数億円してもおかしくない。ふつうなら、恩着せがましく言うはずだ。

過酷な行為を強いられたのは、多大な代償と引き換えにした和彦が、自分の思いどおりにならない苛立ちがあったからかもしれない。

和彦が疲弊しきっているのに気づき、やり過ぎたと謝ってからは、関係を強要することはなくなった。公園で会ったあの日も、和彦が誘いに乗らなければ、東坂は無理強いしなかったはずだ。

あのときのことを思い出すだけで、頬がじんわりと熱くなる。

やけに甘ったるくて、いやらしくて、やさしくて。あれは、まさしく情交と表現するにふさわしい行為だった。重ねた体から、絡めた指先から、情欲だけではないなにかが流れ込んでくるような気がしたのは、自分の錯覚だろうか。

いまから思うと、最初にホテルで会ったときから、惹かれていたのかもしれない。猛々しいほど勁《つよ》いまなざしに魅入られ、心を鷲摑みにされた。

そうでなければ、いくら印象的だったとはいえ、ふつうは目が合っただけの相手の貌などが覚えていないはずだ。

ヤクザと知って必要以上の嫌悪を抱いたのも、東坂に興味を持った自分自身の気持ちを、無意識のうちに抑制していたのかもしれない。いつも本当の自分の気持ちを認められない。

——馬鹿だな……。

東坂の言ったとおりだ。プライドばかり高くて、いつも本当の自分の気持ちを認められない。


だからこそ、東坂にプライドも理性も奪われ、熱い官能で満たされる瞬間、常識でがんじがらめになった自分自身が解放されるような陶酔《とうすい》を覚えたのだろう。

けれど、東坂のほうが自分との関係をどう捉えているのか、いまだにわからない。

体だけでなく心も明け渡せと言ったけれど、東坂の心の中に和彦の居場所はあるのだろうか。

気まぐれでやさしくしたり、執着しているのなら、いつまた東坂の気が変わるかもしれない。それに、和彦以外の新しい『お気に入り』ができる可能性もある。

買った者と、買われた者。変わらないのは、二人の立場だけだ。

東坂からなんの連絡もないことが、その程度の存在だと言われている証拠のような気がした。

跡目問題にけりをつけるのに忙しく、和彦のことなど忘れているに違いない。なのに、自分ばかりが東坂からの連絡を待ち焦がれ、怪我をしていないか心配している。

——本当に、自分は馬鹿だ。

小さく自嘲《じちょう》し、和彦は無理やり思考を断ち切って調査資料に目を落とした。仕事に自分を追い込んでいないと、際限なく東坂のことを考えてしまいそうだ。

南山建設のダミー団体の口座を調べていて、気になった振込先がある。政治団体とはなんの繋がりもない、子供服や雑貨を輸入する貿易会社だ。

調査会社に照会したところ、福嶋の正妻と長男が役員に名前を連ねていることがわかった。

南山建設は献金を行うだけでなく、とくに力のある政治家には事務所家賃や秘書給与を負担したりしている。福嶋ほどの実力者に対して、なんらかの便宜を図っていてもおかしくなかった。

和彦は福嶋の妻にはもちろん、腹違いの兄にも会ったことはない。選挙の際、挨拶をする福嶋の傍らにいる二人をテレビで見かけたことがあるだけで、兄がいるという感覚さえ希薄だ。

フラッシュを浴び、支持者から祝福を受ける父とその妻、彼らの傍らに寄り添う息子。そこには、理想の親子の姿があった。おおやけの場での和彦は、疎外され、抹殺されるべき存在でしかないのだ。

けれど、こうして南山建設と父の関係を追っているのは、復讐でも恨みでもない。父の支配から逃れるため、そして自分が信じた正義のためだ。

そのときふいに、携帯電話が着信を告げて震え出した。液晶画面に表示された番号を見て、期待と不安が交錯する。

た。

『元気か？』

独特の艶を孕んだ、低音。携帯電話を通して聞いても、魅力が損なわれることはなかった。

『どこにいる？　家か？』

「……いや。まだ仕事だ」

つい昨日会ったかのように、東坂の口調はいつもと変わりがなかった。どうやら無事らしい。ほっとする一方で、一週間ぶりに聞く東坂の声に鼓動が速くなった。

『早く帰れよ。夜道は危険だぜ』

「女性じゃないし、多少遅くなっても大丈夫だ」

人の心配をしている場合じゃないだろう。おまえのほうこそ大丈夫なのかと訊きたいのに、いざとなるとうまく言葉が出てこない。

『わかってないなあ。あんたの色香に血迷うやつがいるんだよ』

「そんなもの好きはいない」

確かに、同性から声をかけられたことがないわけではない。でも、どこの誰ともわからない男の誘いに乗る気にはなれなかった。

『あくそ、あんたの中に入れたい』

「……っ」

唐突に直截《ちょくさい》な台詞を囁かれ、耳朶がかっと熱くなった。東坂の逞しいものを受け入れたときのことを思い出したかのように、体の奥深くがひくんと慄く。

『最初は指一本入れるのも苦労するくらいキツキツなのにさ、いいところを擦ってやると、とろとろに蕩けるんだ。そのくせ、俺のを入れるとおねだりするみたいに……』

「やめろ……！　こっちはまだ仕事中なんだぞ…っ」

どこからかけているのか知らないが、こっちは職場である検事室にいるのだ。一人きりとはいえ、誰かに聞かれるのではないかと心配になる。

『会えないんだから、あんたを抱いたときのことを思い出すくらい、いいだろ』

「絶対にだめだ。さっさと忘れろ」

このあいだは、もう一度とねだる東坂に応えただけでなく、これまでいちばん奔放に乱れたと思う。あの姿を東坂が覚えているのかと思うだけで、眦がじわりと熱くなる。

『お堅いなあ。あそこは、濡れ濡れで柔らかいのにさ』

「い、いい加減にしろ……！」

東坂が喉を鳴らして笑う。和彦が恥ずかしがるのがわかっていて、わざとやっているのだ。

東坂の身を心配していた自分が、馬鹿らしくなる。こんな性悪な男は、抗争でもなんでも巻き込まれればいいのだ。

「そんな話なら、切るぞ」

『あ、待てよ』

呆れたようにため息をついてボタンを押そうとすると、慌てた声に引き止められた。それだけで指が止まってしまうのだから、我ながら甘い。

『悪かったよ。ずっとあんたに会えなくて、欲求不満で煮詰まってんだよ』

欲望を解消したいなら、いくらでもほかに相手がいるだろう。言い返してやろうとして、ぐっと言葉を呑み込む。そうだと肯定されたら、きっと立ち直れない。

「まだ……揉めてるのか？」

『あともうちょいで片がつく』

どう言っていいかわからず、遠慮がちに訊ねると、東坂がふっと微笑んだ気配が伝わってきた。印象的な目許を和らげた東坂の表情が思い浮かぶ。

『もう少しの辛抱だ。そうすりゃ、嵌めっぱなしにして、もう出ないってほど可愛がってやる』

「もういい……！　切るぞ…っ」

『ああ、悪かったって』

せっかく真剣に話をしているのに。今度こそ切ってやると思っても、東坂の色気に満ちた声に鼓膜をくすぐられると気持ちが鈍った。

『冷てぇな、まったく。俺なしじゃいられない体に仕込んだはずなんだが』

「冗談じゃない。おまえがいなくてせいせいする」

嘘だ。とっくに、東坂なしではいられない体になっている。この一週間、甘い蜜の中に溺れ込むような東坂との情事を、何度反芻《はんすう》しただろう。

『和彦』

ふいに改まった声に名前を呼ばれ、どきりとする。

『今回の件の片がついたら……、――』

「東坂？」

ふいに東坂の声が途切れる。電波の状況が悪いのかと思ったが、『いや、いい』と鮮明な声が聞こえた。

『今度、会ったときに言う』

なにを言おうとしたのだろう。気になったが、訊ねるまえに東坂が口を開いた。

『いいか、ちゃんと食って、ちゃんと寝ろよ。あと、遅くまで出歩くな』

「子供じゃないんだ。おまえに心配される筋あいはない」

こんなことを言われたのは、母親が亡くなって以来だ。くすぐったいような気持ちになったのが自分でも気恥ずかしくて、つい言い返してしまう。

『俺以外のやつにやらせるなよ。浮気したら、殺すぜ』

「な、……」

物騒《ぶっそう》な台詞とともに、『じゃあな』と通話が切れた。

「浮気って……つきあっていないだろう……」

沈黙した携帯電話を見つめ、呆然と呟く。いつの間にか立ち上がっていたことに気づいて、のろのろと椅子に座った。

まだ心臓がどきどきしている。終わってみれば、たった数分のやりとりだった。

東坂こそ、ちゃんと食べて、ちゃんと寝ているのだろうか。いつもと変わらない声を聞いて安心したのもつかの間、今度は会いたいという気持ちが込み上げてくる。

——どうしよう……。

やはり自分は、あの傲慢不遜で人でなしの男が好きなのだ。声を聞いただけで、会いたくてたまらなくなるほどに。

和彦の身の裡で燻っているのは、東坂に無理やり引きずり出された欲望だけではない。東坂の指が、唇が、体温が恋しいのは、あの男が好きだからだ。

もしそれらを永遠に失うことになったらと考えただけで、足許が崩壊するような恐れに苛まれる。

——大丈夫だ。……東坂なら、きっと。

連絡をよこすくらいだから、余裕があるのだろう。若頭の多岐川に信頼され、組長を任された東坂を支持する構成員も多いはずだ。

きっと大丈夫だと自分に言い聞かせ、胸に広がりかけた不安を無理やり捩じ伏せる。

いまの和彦には、東坂の無事を祈ることしかできなかった。

夜になっても、昼間の熱気があちこちにわだかまっている。

今夜も熱帯夜のようだ。駅を出た和彦はいささかうんざりし、ネクタイの結び目を緩めた。

帰宅ラッシュをとうに過ぎた、しかし、終電にはまだ早い時刻。

東坂にああ言われたのでほどほどで切り上げたのだが、このあたりは治安もいいし、駅から自宅までは歩いて十分足らずだ。人通りのあるいまの時刻、さほど危険があるとは思えなかった。

夏休みに入っているせいか、高校生らしい私服姿の若者も多い。コンビニの前でたむろしている彼らを見ると、親はなにも言わないのだろうかとよけいなことを考えてしまう。

駅前のコンビニで住宅情報誌を買い、自宅に向かう。

これまでは形ばかりの家賃を納めてきたのだが、いま住んでいるマンションを父に返そうと考えている。

いちばん手っ取り早いのは官舎だが、同僚の目があるのは、なにかと息苦しそうだ。官舎を敬遠するなら、あとは自分で物件を探すしかない。

大学と司法試験予備校の学費は、働いてから父に返した。父から譲られたマンションを返せば、金銭的な借りはなくなる。父に疑念を抱いている以上、負い目をなくしておきたかった。

大通りから一本裏通りに入る。住宅ばかりで通行人の姿もまばらだが、ほんの五十メートルも歩けばマンションに着く。

マンションの手前にある月極駐車場に差しかかったとき、和彦の進行方向を塞ぐようにして一台のワンボックスカーが出てきた。

道幅は、車一台分しかない。邪魔にならないよう、和彦はワンボックスカーの後ろに回って通り抜けようとした。

「……！」

車体の横を通りかかったとき、いきなりスライドドアが開いた。黒い影のような男が二人、降りてくる。

逃げる間もなく腕を掴まれ、ガーゼのような布で口許を覆われた。

「……ッ」

首筋がちくりとして、和彦の手から住宅情報誌の入ったコンビニの袋が落ちる。なにか薬を打たれたらしい。

恐ろしいほどの手際のよさだった。男たちの無駄のない動きからも、この手の行為に慣れていることが窺える。

急速に視界が狭まり、体から力が抜けていく。ろくに抵抗できないまま、ワンボックスカーの中に押し込められた。傍らに鞄が投げつけられ、ドアが閉まるや否や車が走り出す。

――東坂……。

遅くまで出歩くな、と言われたのに。

強制的に閉ざされていく意識の中、精悍《せいかん》な口許を皮肉っぽく吊り上げた男の貌が浮かんで、消えた。


人の気配がする。

体に振動が伝わってきて、和彦はゆっくりと意識を取り戻した。どうやら男の背中に担がれて、運ばれているようだ。

——そうだ……帰る途中で、何者かに襲われたんだ。

両手首を後ろ手に、両足首を一まとめに縛られて、目隠しと猿轡《さるぐつわ》をされている。いつぞやと似たような状況だったが、今回は衣服を身につけているだけましだった。

連れ去られてから、どれほど時間が経ったのか。一時間か、それとも一日か、まったく見当がつかなかった。

男たちは、和彦を拉致した二人と、運転手の最低三人はいるはずだ。

いったいなんのために自分を連れ去ったのか、目的がわからない。これまでに扱った事件の関係で恨みを買ったのだろうか。それとも、東坂絡みだろうか。

男たちは無言でエレベーターを降りると、廊下を二度曲がってからある部屋のインターホンを押した。

「おう。遅かったじゃねぇか」

ドアが開いて、嬉しげな男の声に迎えられた。口調からして、実行犯の上役のようだ。

男の肩に担がれたまま部屋の中に運び入れられ、いきなりどさりと放り投げられる。

「……っ」

たぶんベッドだろう。とっさに受け身を取ってしまい、意識を取り戻していたことに気づかれた。

「なんだ。もう起きちまったのか」

さきほどの男の声がして、目隠しを外される。

短く髪を刈り込んだ、見覚えのない男だった。たぶん三十歳は超えているだろう。澱んだ目をぎらつかせて、和彦を見下ろしている。

男の背後に広がる部屋の様子からして、ホテルの一室のようだ。ベッドルームともう一室あるらしく、男たちがぜんぶで何人いるかはわからない。

「これが孝成のイロか」

顎を掴まれ、酒臭い息が頬を掠めた。眉尻の上がった太い眉や、鼻筋の形からすると、造作は悪くない。だが、尋常ではない目つきと青黒い顔色が男の印象を損ねていた。

「ふうん。確かに、男のわりに綺麗な貌してるな」

男は和彦を矯《た》めつ眇《すが》めつすると、猿轡を取るよう部下に命じた。

「検事のくせに、よくヤクザのイロになんかなったな」

「……誰だ」

どうやら、東坂との関係が原因でここに連れてこられたようだ。男の挑発には乗らず、和彦はまだ痺れている舌で冷静に訊ねた。

「不肖の弟が世話になってる礼をしようと思ってな。まあ、弟とはいっても、一滴も血は繋がっちゃいないが」

「……東坂泰宏、か」

思い当たる人物は一人だった。その名前を呟いたとたん、男の背後に控えていた部下が吠える。

「てめぇ、泰宏さまを呼び捨てに……」

「いいって」

鷹揚なしぐさで部下を制し、泰宏がベッドに腰を下ろす。少しでも離れようとすると、骨が砕けそうな力で顎を掴まれた。

確か、泰宏は薬物に溺れたことが原因で跡目から外されたはずだ。グレーのシャツに包まれた大柄な体軀から立ち上る凶暴な気配は、そのせいだろうか。

「孝成のやつ、あんたにずいぶんご執心なんだってな。あんた相手に、俎板ショーまでやったそうじゃないか。――なあ、小杉《こすぎ》」

泰宏に名前を呼ばれた部下の一人が、「はい」と頷いた。三白眼《さんぱくがん》気味の荒削りな顔立ちは、どこかで見たような気がする。東坂は何人かの部下を交互で引き連れているが、そのうちの一人ではないか。

「孝成を夢中にさせた体がどれほどのもんか、見せてもらおうか」

「っ……！」

下卑た笑いを浮かべた泰宏がナイフを取り出し、和彦のネクタイをぶつりと断ち切った。小ぶりだが、恐ろしく切れ味がいい。

「おとなしくしてな。動いたら、綺麗な肌に傷がつくぜ」

嗜虐《しぎゃく》の悦びに目を血走らせながら、泰宏がワイシャツのあわせに刃先を滑らせる。鈍い音を立てて、次々にボタンが弾け飛んだ。

「この体で、孝成を誑《たぶら》かしたのかよ」

透きとおるようなしろい肌と、平らな胸に息づくほの紅い突起を目にし、泰宏が歯を剝き出しにして笑う。

「いやらしい色してんなあ。孝成に仕込まれたのか？」

「……、……」

ナイフの切っ先で乳首をつつかれ、和彦はぐっと奥歯を嚙み締めた。悲鳴など、上げたくない。

東坂との関係を揶揄されるたび、羞恥とともに激しい怒りが込み上げてきた。二人だけの秘密を暴かれたような、大切なものを踏み躙られたような気分だ。

「見かけによらず強情だな、あんた。孝成の目の前で俺に犯されても、そんな取り澄ました貌をしてられるかな」

「悪趣味だな」

「なんとでも言え」

　泰宏が唇を歪めて嗤った。眇めたまなざしは、激しい憎悪に燃えている。

「あの野郎、親父だけでなく、若頭にまで取り入りやがって。俺のものだった組長の地位も、なにもかも奪いやがったんだ」

「……っ」

　東坂への恨みをぶつけるように、泰宏が和彦の肌に刃先を滑らせる。ちりっとした痛みが走り、鎖骨の下がわずかに切れた。

　和彦の血を見たことで、いっそう嗜虐心を刺激されたらしい。泰宏は小鼻をひくつかせながら、興奮した口調で続けた。

「あいつをここに呼び出して、あんたと引き換えに組長の地位を返上させてやる。野良犬は野良犬らしく、身のほどを弁《わきま》えてりゃいいんだ」

　自分を餌に、東坂をおびき寄せようというのか。泰宏の目的を知り、和彦は全身の血が引いていくのを感じた。東坂を野良犬と嘲《あざけ》る泰宏のほうが、よほど狂犬じみている。

　東坂にとってもっとも大切なのは東坂組であり、組長の地位だろう。尊敬する多岐川と九重のためにも、なんとしても守り抜かなければならないはずだ。

それを、和彦と引き換えにするとは思えなかった。第一、罠とわかっていて東坂が泰宏の呼び出しに応じるわけがない。

「……私のためになど、東坂は来ない」

「来るさ。あんたのいい声を聞かせてやれば」

「やめろ…っ」

思うようにならない体を捩ってベッドの上を這ったが、背後から泰宏が抱きついてくる。気持ちが悪い。はだけたワイシャツの隙間から湿った掌が侵入してきて、吐き気がした。

「触る、な…っ」

「あいつに操立《みさおだ》てしてんのか？」

女にでもするように、丸みのない胸を揉みしだかれる。東坂に触れられたときとは違い、嫌悪と苦痛しか感じなかった。

泰宏の手がスラックスにかかる。こんなやつにいいようにされるのか。和彦が絶望に目を閉じたとき、誰かの携帯電話が鳴り出した。

「泰宏さま。電話です」

傍らに控えていた小杉が二言三言話してから、頬を強ばらせて携帯電話を泰宏に差し出す。

「誰からだ？」

「組長……孝成からです」

泰宏は和彦を陵辱する手を止めて、小杉から携帯電話をひったくった。

「俺だ。……よくわかったな。おまえのイロなら、俺が預かってるぜ」

和彦という人質を手に入れたことで自身の勝利を確信しているのか、泰宏の声は余裕に満ちていた。

「本人かどうか確かめたいだと？　しょうがないな」

ベッドの上で海老のように横たわる和彦の前に、携帯電話が差し出される。

『和彦？　和彦か』

「……あ、ああ」

どうして自分がいなくなったことに気づいたのだろう。ひどく慌てた東坂の声が聞こえて、驚きと安堵が綯《な》い交《ま》ぜになった。

『無事か？　怪我はしてないか？』

「大丈夫だ」

東坂の口から出たのは、泰宏に捕らえられたことを責める言葉ではなく、和彦の身を案じる言葉だった。

『補佐にも釘を刺されてたのに、結局、あんたを巻き込んじまったな。……すまない』

痛切な悔恨に満ちた声だった。貌が見えないだけにかえって、偽りのない感情が伝わってくる。

『でも、あんたは俺が絶対に助けるから』

「東坂……」

力強い声が宣言する。敵方に囚われた危険な状況にもかかわらず、初めて東坂にキスされたときのような甘いときめきに胸が波立った。

『すぐそっちに行く。だから、俺が行くまでは、なにがあっても我慢してくれ』

「だ、だめだ……来るなっ」

ここに来たら、無事では帰れない。自分のために東坂が傷つくなんて、絶対に嫌だ。平生の冷静さをかなぐり捨て、和彦は悲鳴じみた声で叫んだ。

『和彦、……』

「そこまでだ」

東坂がなにか言いかけたが、泰宏が携帯電話を取り上げてしまった。

「これでわかっただろ。イロを無傷で返してほしけりゃ、いまから新宿のシグナホテルに一人で来い。むろん若頭たちにゃ秘密だ」

聞いたことのないホテルの名前だった。ビジネスホテルかもしれない。一方的に告げて通話を切ると、泰宏は無造作に和彦の腕を摑んでベッドから引きずり下ろした。

「来い。これからおもしろいもん見せてやる」

ヤニで黄ばんだ犬歯を剝き出しにして嗤う男は、獲物を前にした獣のようだった。

地下には、大広間が広がっていた。

五十畳くらいだろうか。整然と座布団が並べられている。

床《とこ》の間にかけられた、『八幡大菩薩』『天照皇大神』『春日大明神』の三軸が目を惹く。

その下には艶やかな漆塗りの低い台が設《もう》けられ、白木の三宝に素焼きの徳利《とつくり》や盃、盛り塩や鯛などの神饌《しんせん》が捧げられていた。

「こんな夜中だし、今回の盃ごとは略式だ。ま、俺が組長になった披露目を盛大にやりゃいいことだしな」

祭壇の様子を眺める泰宏の表情は、隠しきれない昂揚に輝いていた。

盃ごとは、ヤクザにとって重要な儀式と聞いたことがある。略式とはいえ、和彦の目には充分本格的に見えた。

両脚の拘束は解かれていたが、まだ薬の効果が残っているらしく、足許が覚束《おぼつか》ない。あちこちに泰宏の部下が見張りに立っているし、和彦一人の力で逃げ出すのは難しそうだ。

本当に東坂は来るだろうか。

来てほしくないという気持ちと、一目でもいいから会いたいという気持ちが和彦の裡で鬩《せめ》ぎあっている。

東坂にとって自分はしょせん、金で買った相手だ。欲望を解消するための、オモチャ。体だけの関係の相手のために、危険を冒してまでやってくるはずがない。

そうやって何度打ち消しても、助けに来ると言ったあの力強い声がどうしても耳から離れなかった。期待と恐れ、後悔が複雑に捩れ、和彦の胸を苛んでいる。

敵に捕らわれ、東坂の足を引っ張ったことが歯痒くてたまらなかった。東坂が一言も責めなかったからよけいだ。

「あいつを待ってるあいだ、あんたで暇潰しさせてもらおうか」

泰宏がにやにやしながら、和彦の肩に腕を廻してくる。一回り大柄な男の重みがまともに伸しかかってきて、足を踏ん張ってよろけそうになるのを堪えた。

「盃ごとが終わったら、うちの連中にもあんたを味見させてやる。孝成のやつ、歯軋りして悔しがるぜ」

湿った息に頬を撫でられて、全身が嫌悪に粟立った。

オークションの際、東坂以外の客に買われていたら、同じ目に遭っていたかもしれない。だが、どうせこんな目に遭う運命だったのだとは、とうてい割り切れなかった。

東坂以外の男など、一人も受け入れたくない。しかも、東坂の見ている前でなど、死んでも嫌だ。

「なんだよ。なにか言えよ」

「……」

押し黙ったままの和彦に焦れたらしい。顎を摑んで乱暴に揺すられ、視界がぐらぐらと回った。

怯えたり、抵抗すればよけい、泰宏を興奮させるだけだ。それに、この卑怯《ひきょう》な男に対して、やめてくれと哀願するのはプライドが赦さなかった。

部下が近づいてきて、泰宏に報告する。

「泰宏さま。いま、玄関に来たそうです」

「こっちに呼べ」

泰宏たちのやりとりを、和彦は半信半疑で聞いていた。信じたくないといったほうが正しいかもしれない。

「孝成も馬鹿なやつだよなあ。あんたのために、組長の座を捨てるなんて」

にたにたと笑いながら、泰宏が和彦の頬を叩いたり、抓ったりする。和彦はかすかに眉をひそめ、痛みと不快感に耐えた。

数人の足音やなにかを叫ぶような声が聞こえて、廊下のあたりがにわかに騒がしくなる。

「来たようだな」

泰宏が呟いたのと、襖《ふすま》が鋭い音を立てて開いたのはほぼ同時だった。

——東坂……！

広い肩を上下させ、髪を振り乱した東坂が広間に入ってくる。黒いシャツが汗に濡れて逞しい体軀のラインをあらわにしていたが、怪我をしている様子はなかった。

東坂が来てくれて、嬉しくないわけがない。しかし喜びよりも、驚愕のほうが大きかった。

いつも逆らってばかりで、素直じゃなくて。会えば調子を狂わせる自分のことなど、切り捨てればいいじゃないか。

絶対に助けるという東坂の言葉を信じたくて、でも、信じられなかった自分を、和彦は心の底から恥じた。同時に、自らの危険を顧《かえり》みず敵地に乗り込んできた東坂の無謀さに、憤《いきどお》りめいたものが湧いてくる。

「どうして……どうして、来たんだ。来るなと、言ったのに……」

「あんたを奪われたら、取り返しに来ないわけにいかないだろ」

まっすぐに和彦を見つめ、東坂が不敵に笑う。しかし、思わず踏み出した和彦の肩を泰宏が押さえつけるのを見て、まなざしを険しくさせた。はだけたシャツから覗く、胸許の傷に気づいたらしい。

「無傷で返してくださるはずですが」

「そのつもりだったんだが、ちょっと手が滑っちまってな」

悪く思うなよと嘯《うそぶ》き、泰宏は部下たちに東坂のボディーチェックを命じた。

いつの間にか、泰宏の部下たちが東坂に銃口を向けている。周囲を取り囲む部下の中には、東坂に仕えていた小杉もいた。

「おまえにゃ失望したぜ」

「すみません」

かつてのあるじに裏切りを詰られ、小杉が無骨な顔を引き攣らせる。

「おいおい、謝る必要なんてないぜ。男のケツ追っかけてるような組長じゃ、仕えがいがないもんなあ」

泰宏のあてこすりに部下たちがどっと沸いたが、東坂は落ち着き払っていた。

「ドラッグに溺れるより、素人《しろうと》の男に嵌まるほうがはるかにましだと思いますが」

「なんだとぉ…っ」

痛いところを衝かれたらしく、泰宏が怒りに目を剝いた。抱えていた和彦を畳に突き飛ばし、大股で東坂に詰め寄る。

「昔っから俺は、てめぇのそのすかした貌が気に入らなかったんだよ」

襟首を摑み上げられても、東坂は冷静な貌を崩さなかった。わずかに目線が低い泰宏を、余裕の笑みを浮かべて見下ろす。

「申し訳ありません。生まれつきなもので」

「馬鹿にしやがって……！」

泰宏は以前から東坂に劣等感を抱いていたのだろう。青黒い顔をまだらに紅く染め、東坂の下腹部に膝頭を打ち込んだ。

「東坂……！」

東坂が頽《くずお》れるのを見て駆け寄ろうとしたが、泰宏の部下に取り押さえられた。

「おまえのせいでなあ、……俺がどんな思いをしたと思ってるんだよ……！　親父や若頭に可愛がられて、女にはちやほやされて……挙句に、組長の地位まで掻っ攫《さら》いやがって」

泰宏が恨みごとを言い連ねながら、東坂の背中と言わず肩と言わず、執拗に蹴りつける。うずくまって腹部をかばう以外、東坂は抵抗しなかった。肉を打つ、鈍い音が響く。

——このままでは、東坂が殺されてしまう。

「やめ…ろ、やめてくれ…っ」

ぞっとするような恐れに駆られ、和彦は叫んでいた。せめて両手が自由になれば、背後の男を振り払って東坂の許に行けるのに。

「……は、惨めなもんだな」

しばらくして、泰宏がようやく暴行をやめた。激情をやり過ごすように肩を上下させ、体を丸めた東坂を見下ろす。

「しょせんおまえは、そうやって俺の足許に這いつくばってるのがお似合いだ」

東坂が伏せていた顔をゆっくりと上げる。一方的な暴力に晒されながらも、力強い瞳の輝きはまったく失われていなかった。

痛めつけられた体を起こし、畳に正座する。なにをするのだろう。心配する和彦をちらりと一瞥すると、東坂は泰宏に向かって深々と頭を下げた。

「彼を解放してください」

まさか東坂が土下座するとは思わなかったのだろう。一瞬、鼻白んだ貌になった泰宏は、残忍な愉悦に目を輝かせた。

「だめだ。こいつを返してほしけりゃ、組長の座を俺に譲るって一筆書くんだな」

「――わかりました」

畳に擦りつけていた額を上げ、東坂があっさり承諾する。

信じられなかった。自分と引き換えに、組長の地位を泰宏に譲るというのか。

「だめだ……！」

とっさに声を張り上げていた。自分のために土下座したばかりか、組長の地位を捨てるなんて、絶対にだめだ。人質を取って脅しをかけるような、卑劣な相手に屈してはならない。

「脅しに屈しては、だめだ！　こんなことで組長の地位を下りたら、おまえが尊敬するあの二人の信頼を裏切ることになるんじゃないのか…っ」

「若頭たちには、あとでいくらでも詫びを入れるさ」

東坂はまっすぐ和彦を見据え、薄く唇を綻ばせた。迷いのない透徹《とうてつ》したまなざしは、多岐川と九重に対する思いを語ったときと同じだ。

「あんたを失いたくないんだ」

「東坂……」

真摯なまなざしとストレートな言葉に胸を射貫かれ、和彦はただ東坂の名前を呼ぶことしかできなかった。

危機的な状況にふさわしくない、熱く、甘い感情が胸の奥底から湧き上がってくる。そこまでして自分を助けようとしてくれるのは、嬉しい。でも。

「だめだ……だめだ、そんなこと……」

自分のために一億も支払ったうえ、ビルまで手放したじゃないか。だめだ、と和彦がわななく唇で繰り返すうちにも、東坂の前に筆と硯《すずり》が載った文机《ふづくえ》が用意される。

「愛のために組長の地位を手放すとは、おまえも殊勝《しゅしょう》なところがあったんだな。これが終わったら、俺と盃を交わし直すんだ。破門なんてことはしないから、安心しな。俺はこれでも、おまえの金儲けの才能は買ってるんだぜ」

「ありがとうございます」

恩着せがましい泰宏の言葉に口の端だけで笑うと、東坂は筆を手にした。心を静めるように、墨を含ませる動作を何度か繰り返す。

ふと気づけば、その場にいる全員が東坂の筆先の動きを凝視していた。

和彦のことをプライドが高いと言ったが、東坂だってかなりのものだろう。力がものを言う世界で一人で生き抜いて、組長にまで昇りつめたのだ。

そうまでして手に入れた組長の座を、自分のために投げ捨てようとしている。ただ見ているしかない自分が歯痒かった。

東坂が筆を半紙に滑らせる。見ていられなくなって顔を逸らしたとき、一人の部下が泡を喰った様子で飛び込んできた。

「たいへんです……！　若頭と若頭補佐がお見えになりました」

とたん、にやにやしながら東坂の手許を見つめていた泰宏の表情が一変した。顔を引き攣らせて、東坂に摑みかかる。弾みで転がった筆先から墨汁が滴り、半紙に不吉な染みを作った。

「若頭に告げ口しやがったな」

「いいえ。一言も報告してません」

東坂も多岐川たちの来訪は予想していなかったらしく、驚いた様子だ。

そのあいだにも、廊下の方向から「お待ちください」「うるせぇ」だのといった怒号が近づいてくる。

「っくしょう……！」

腹立ち紛れに、泰宏が文机を蹴りつける。刹那、襖が勢いよく開き、泰宏と部下たちが凍りついた。

「久しぶりだな、泰宏」

「若頭……！」

九重を従えて大広間に入ってきた多岐川を認め、泰宏が青黒い顔をさらに青ざめさせた。

さすがに多岐川や九重に銃口を向ける者はいない。廊下に控えていた部下たちも、多岐川たちの部下に睨まれて小さくなっていた。

「俺に隠れて、なにこそこそやってんだ？　あんまりのけ者にされちゃ、おもしろくないんだがな」

極道が集まっている中でも、多岐川の放つ威圧感はただならぬものがあった。精悍な目許を眇めて笑う表情が、かえって恐ろしい。

「若頭も補佐も、どうしてここに……」

「おまえんとこの山下《やました》から連絡があった。おまえのイロが攫われて、おまえが飛び出してったってな。俺のほうでも泰宏の動きを張ってたんで、ここがわかった」

呆然と問いかける東坂を、多岐川が険しいまなざしをわずかに和らげて見遣った。

「諦めが悪いぜ、泰宏」

多岐川の傍らに控えていた九重が口を開く。外見だけなら堅気の人間で充分通るのに、切れ長のまなざしは背筋が凍るほど酷薄だった。

「会長と東坂の叔父貴、若頭の話しあいで、孝成を組長にするって決めたんだ。それに逆らうってことは会長や若頭、つまりは九曜会に逆らうってことだぜ」

「補佐……」

九重に追い討ちをかけられ、泰宏がくしゃりと顔を歪めた。力が抜けたように、へなへなと畳に頽れる。

「どうして……どうして、俺じゃだめなんですか……俺のどこが、こいつより劣るっていうんですか……！」

何度も畳に拳を打ちつけて叫ぶ泰宏の姿は、まるで駄々を捏ねる子供のようだ。泰宏を見下ろしていた多岐川のまなざしが、冷ややかさを増した。

「薬物に溺れるような人間は、頭に据えられない。それだけじゃない。誠和会《せいわ》が仕組んだ罠だと気づかずに女に引っかかったり、縄張り奪われたり、何度、孝成に尻拭いさせた？　俺たちがなにも気づいてないとでも思ったのか」

「そ…それは、何度か失敗したことはありました。でも、孝成のやつがいなけゃ、俺だってドラッグなんかに手を出さなかった……！」

ドラッグに溺れたのは東坂の責任とばかりに、泰宏が悔しげな口調で反論する。

「そうやって他人に責任転嫁してるようじゃ、上に立つ器《うつわ》じゃない。諦めな」

九重が呆れきったようにため息をついた。

「会長に報告して、後日改めて処分を下す。それまでおとなしくしてるんだな」

多岐川から最後通牒《つうちょう》を突きつけられて、泰宏ががくりとうなだれる。しろくなるほど握り締められた拳が、小刻みに震えていた。

もはやかばいきれないと思ったのだろう。東坂はなにも言わず、泰宏から目を逸らした。

「素人まで巻き込んで、恥を知れ」

冷然と吐き捨てて、九重が和彦に歩み寄ってきた。気圧《けお》されたように、和彦を捕らえていた部下が手を離す。

「大丈夫か、あんた」

「……はい」

浮世離れした美貌に覗き込まれ、夢見心地で頷く。東坂ばかりか、多岐川や九重たちがやってくるとは想像もしていなかっただけに、助かったという実感がなかった。

「孝成、なにぼんやりしてんだ。早く助けてやれよ」

どうやら東坂も同じだったらしい。九重に言われてはっとした貌になり、弾かれたように和彦の許に駆け寄ってきた。

「……和彦……」

もどかしそうな手つきで手首の縛めを解くと、そろそろと和彦の顔を覗き込んできた。すでに乾いている胸許の傷を見て、気遣わしげに眉をひそめる。

「大丈夫か？　ほかに怪我は？」

「……ただの切り傷だ。ほかはなんともない。おまえのほうこそ、大丈夫なのか？」

「大丈夫だ」

東坂の手が置かれた両肩から、あたたかなぬくもりが浸透してくる。大きな掌の感触に、東坂が生きていることを実感した。

「すまない。内輪《うちわ》揉めに巻き込んじまったな」

「……いや」

助けに来てくれてありがとうと言いたいのに、うまく言葉が出てこない。あまりにも東坂が苦しそうで、こちらまで胸が痛くなった。

「部下の動きがおかしかったから、わざと泳がせて、あんたにはガードつけてたんだ。なのに、みすみす掻っ攫われちまって……くそ」

和彦を巻き込んだ自分自身が、赦せないらしい。東坂が呪わしげに呻いて、額に落ちた髪を手荒く掻き上げた。

「ガードをつけられてたなんて、気づかなかった。公園で会ったのも、そのせいだったのか？」

「あんたに気づかれちゃ、意味がないからな」

少しむっとした口調になったのがおかしかったのか、東坂が淡く微笑んだ。和彦を見つめるまなざしはただやさしくて、鼓動がとくとくと脈打つ。

やはり自分は、この男が好きなのだ。

あんな最悪のはじまり方をして、一方的に翻弄されるばかりだったのに、気まぐれに与えられるやさしさに触れ、過酷な過去を知るうちに、和彦の中で東坂の存在が大きくなっていった。

「とにかく、よかった。あんたが無事で……」

「東坂……」

噛み締めるように呟き、東坂が肩先に顔を埋めてきた。すでに馴染んだぬくもりと、匂いに包まれる。

本当に心配してくれたのだ。申し訳ないと思う一方で、あたたかな喜びが胸に広がっていく。力任せに抱きつかれて、自分より大きな体の持ち主が、初めて年下に思えた。

泰宏側の組員たちが、多岐川たちの部下によって引き立てられていく。

東坂の背中越しに、虚脱したように座り込んでいた泰宏が腕を取られて、立ち上がるのが見えた。よろめくように歩き出したのもつかの間、誰かが畳に落とした拳銃に飛びつく。

——危ない。

拳銃を握り締めた泰宏と、まともに目が合った。東坂は背中を向けており、自分に銃口を向けられていることに気づいていない。

「……！」

考えるよりさきに、体が動いていた。渾身の力で、目の前にいる東坂を押しやる。

東坂の驚いた貌が見えた次の瞬間、爆音が鼓膜を貫いた。凄まじい衝撃が走って、体が吹き飛ばされる。

なにが起きたのか、把握するまで数瞬の間があった。

左肩が灼けつくように熱くて——痛い。

どくどくと脈打つ鼓動がやけに大きく聞こえ、経験したことのない痛みが全身に拡散していく。

「和彦？　和彦っ？」

東坂の声がして、力強い腕に抱き起こされる。仰のいた視界に、狼狽しきった東坂の貌が映った。

「馬鹿なことを…っ」

「……東坂……」

一言発するだけで息が上がる。痛い。痛くて、呼吸ができない。

和彦のワイシャツを剥いで傷口を確かめると、東坂は獣のように唸った。

「くそ……どうして、あんたが…っ」

どうして、と何度も繰り返しながら、和彦の血で汚れるのも厭《いと》わずに抱きしめてくる。

声だけでなく、逞しい腕も、広い胸も、ぶざまなほど震えていた。

「だいじょ…うぶ、だ……」

苦しい息の下、かろうじて囁く。右手を差し伸べると、強い力で握り締められた。

あたたかい。よかった、東坂は生きている。

失いたくないと言ってくれたけれど、自分だって東坂を失いたくない。

それに、おまえは死んではだめだ。たった四歳で、たった一人で、生死を賭けた過酷な闘いに勝ったんだから。

「ぁ……ぁ」

拳銃を握り締めたまま、泰宏ががたがたと震えている。東坂を狙ったのに、和彦を撃つことになるとは思わなかったのだろう。

「おまえ、なに仕出かしたのかわかってんのか」

「ひ、……」

凄みのある声音で吐き捨て、九重が拳銃を握る泰宏の腕を捻り上げた。畳に落ちた拳銃を拾い、泰宏の首筋に叩きつける。

「こいつを縛っとけ。それと水島《みずしま》先生に連絡をして、表に車を回せ」

ぐったりと伸びた泰宏を部下に任せ、矢継ぎ早に指示を出す。多岐川も険しい貌をして近づいてきた。

「孝成」

東坂の体がびくっと跳ね、和彦を抱き締める腕に力がこもる。手負いの獣のように、東坂は誰彼構わず警戒していた。

「落ち着け、俺だ。早く病院に連れてってやれ」

「若頭……」

こくっと息を呑み、東坂は一礼すると和彦を抱き上げた。

「すぐに病院に連れていくから、少し我慢してくれ」

「……」

頷くのが精一杯だった。胸を上下させて酸素を取り込もうとするのに、どんどん息苦しさが増していく。

「すぐだ……すぐ。絶対に助けるから……」

和彦に、そして自分自身に言い聞かせるように東坂が呟く。

東坂に運ばれているあいだにも、限界を超えた痛みに意識がしだいに朦朧としてきた。濃い血の匂いと、左肩が生あたたかく濡れている感覚だけが妙に鮮明だ。

「和彦、和彦…っ」

耳許で繰り返し名前を呼ばれて、なんだかおかしくなる。うるさいぞと笑おうとしたのに、唇が震えただけだった。

「しっかりしろ……お願いだから、死ぬな……っ」

――泣いているのか……？

これでは本当に、泣きぼくろになってしまう。東坂の目許に触れようとしたけれど、手が動かなかった。

もし。

でも、少しだけ眠らせてくれ。とても眠いんだ。

大丈夫、死んだりしない。おまえを置き去りにした母親のように、一人にしないから。

もし今度目が覚めたら、もう少し素直になるから。

そのときは、おまえがそばにいてくれるんだろう――？

8

なにも見えない。

気がついたときには、漆黒の闇の中を一人で歩いていた。タールのような粘度を持った闇が、四肢にねっとりと絡みつく。

『和彦』

東坂の声がする。しかし、姿は見えなかった。

——どこにいるんだ？

手を差し伸べても、虚しく空を掴むばかりだ。

いきなり頭上でライトがつき、驚いて見上げた目をまともに射られる。

再び目を開けたとき、和彦はなぜか全裸でベッドに繋がれていた。

『今回の目玉商品です』

どこからともなくマイクを握ったタキシードスーツ姿の男が現れ、歓声が上がる。いつの間にか、目の前には大勢の客がひしめいていた。

『さあ、一千万円からです』

男の声を合図に、客たちが口々に言い値を叫ぶ。

どうやらここはオークション会場で、自分は商品として売られるらしい。自分が置かれた状況を理解したとき、客席から一人の男が立ち上がった。

『俺が一億で買ってやる』

宣言したのは東坂ではなく、泰宏だった。どす黒い顔色の中、欲望にぎらつく目がひときわ恐ろしい。

『孝成の野郎を夢中にさせた体を、俺にも味見させろ』

嫌だ。おまえに触れられるくらいなら、死んだほうがましだ。

叫んだはずなのに、声が出なかった。溺れているみたいに息が苦しくて、唇を喘がせる。歩み寄ってきた泰宏の湿った掌が、あらわになった肌に触れた。おぞましい。激しい嫌悪に吐き気がした。

『どこがいちばん感じるんだよ？　乳首か？　それとも尻の中か？』

いやらしい台詞を吐きながら、泰宏が無遠慮な手つきであちこちをまさぐってくる。声にならない声で、触るなと叫びながら、必死にもがいた。

『和彦、和彦』

そのとき、どこからか東坂の声が聞こえた。

――嫌だ……助けてくれ、東坂。

客席を見渡したが、どこにも東坂の姿はない。客たちはみな下卑た笑いを浮かべ、こちらを見入っていた。

泰宏の手に両脚を大きく割り広げられる。獣じみた欲望に目を輝かせた男に伸しかかられて、和彦は絶叫した。

——東坂……！

東坂を呼ぶ自分の声が、耳の奥で反響した——。


「和彦、和彦」

「……っ」

東坂が呼んでいる。その声がしだいに大きくなっていき、眠りの皮膜が唐突に弾けた。底のない泥沼のような眠りだった。本当に夢から醒めたのだろうか。ぼんやりと視線をさ迷わせると白い天井が、次に怖いほど真剣な貌をした東坂が見えた。

「ここは……」

掠れていたが、夢の中とは違ってちゃんと声が出た。

「病院だ」

どうして病院にいるのだろう。不思議に思って身じろいだ瞬間、左肩に引き攣れるような激しい痛みが走った。

「ッ」

「大丈夫か？　痛むか？」

息を詰めて、そろそろと自分の左肩を見遣る。そこに巻かれた包帯を目にし、なにが起こったのか思い出した。

東坂をかばって、泰宏に撃たれたのだ。帰宅途中に攫われたことも、東坂が助けに来てくれたことも思い出した。

病院に運ばれる途中で意識をなくしたらしい。非常時だったとはいえ、大勢の前で東坂に抱き上げられたことが、いまさらながら恥ずかしくなった。

「おまえは、無事だったのか？」

「あんたがかばってくれたからな」

泣き笑いのような貌で頷き、東坂が無事なほうの右手を握ってくる。大切な宝物を扱うように両手で包み込むと、自分の額に押し戴《いただ》いた。

「よかった……このまま目を覚まさないんじゃないかと思った」

広い肩を震わせて、東坂が安堵の息をつく。よほど長く眠っていたのだろうか。カーテンの隙間から洩れる光は明るく、まだ日が高いことを物語っていた。

「……私は、どれぐらい寝てたんだ？」

「二日間だ」

「そんなにか……」

眠っているあいだ、ずいぶんいろんな夢を見た気がする。母と遊園地に出かけた子供のころの夢や、母の葬儀に福嶋がやってきたときの夢。オークションのときの夢もだ。夢の中では、過去の記憶と現在の出来事が混在していた。

夢の中で泰宏に犯されかけたことを思い出し、ぞっと身震いする。それに気づいたのか、東坂がもの思わしそうに眉をひそめた。額にかかった髪をやさしく払ってくれるしぐさに、記憶を触発される。

『和彦、和彦』

夢の中で何度も聞いた、東坂の声。額を撫でる、やさしい指。あれは、夢ではなく現実だったのだろうか。

「もしかして、ずっとついていてくれたのか？」

「俺のせいで怪我させちまったんだから、あたりまえだろ」

よく見ると精悍な頬のラインが削げ、目許には濃い影が落ちていて、東坂がひどく憔悴しているのがわかった。

「一昨日、九曜会が懇意にしているこの病院に運んで、すぐに手術してもらった。手術は成功したし、医者が言うには後遺症は残らないって話だったから安心したんだが、あんたがなかなか目を覚まさなくってさ……」

和彦が自分をかばって撃たれたときのことを思い出したのか、東坂の瞳が苦しげに歪んだ。

この男は、自分を失うことを恐れている。自分が、この男を失うのを恐れているように。

握り締められた右手から、甘く、熱い感情がじわじわと浸透してくる。それは、ずくずくと疼く左肩の痛みさえも払拭《ふっしょく》した。

「まったく最悪だよな。身内の揉めごとにあんたを巻き込んだ挙句、俺のせいで怪我させるなんて……本当に、すまなかった」

「東坂……」

負傷したけれど、でも、生きている。大丈夫だからと言うまえに、東坂が沈痛な面持ちで続けた。

「あんたはいずれ俺の命取りになる。あんたにとって俺は、疫病神でしかない。なに一つ、互いのためにはならないってわかってたのにな」

「……そうかもしれないな」

「ちょっとは否定してくれよ」

男らしい眉を情けなく下げ、東坂が見たこともない気弱な笑みを浮かべる。胸が痛んだが、和彦はあえてそっけなく返した。

「事実だろう」

自分がいなければ、東坂を危険な目に遭わせることはなかったはずだ。野生の獣のようにプライドの高い男に、大勢の前で土下座までさせたことを思い出すと、激しい後悔に胸がひりついた。

「だったら、どうしてあんな無茶な真似をしたんだよ！」

力なく伏せていた目を上げ、東坂がたまらなくなったように声を張り上げた。

「一歩間違えば、死んでたんだぞ！　あれほど無茶するなって言ったのに、どうして俺をかばったんだよ……！　俺なんか、弾よけにしときゃいいだろ……！」

「そうだな。どうしてそうしなかったんだろうな」

検事のくせに、ヤクザ同士の内輪揉めに巻き込まれて負傷したなんて、醜聞《しゅうぶん》もいいところだ。自分でも馬鹿げた行動を取ったと思う。だけど。

「おまえを死なせたくなかったんだから、仕方ないだろう」

「和彦……」

東坂が虚を衝かれたような貌になった。よほど驚いたのだろう。和彦の右手を握っていた手から、するりと力が抜けた。

せっかく素直に自分の気持ちを打ち明けたのに。東坂が驚きに固まっているのを見て、和彦は少し後悔した。

東坂も自分と同じ気持ちだと思ったのは、錯覚だったのかもしれない。いまさら、あんたはしょせん金で買ったオモチャだ、あんたの気持ちは重荷でしかないと言われたら、絶対に立ち直れない。

不安になっていると、東坂がぼそりと口を開いた。

「それは……その、俺に惚れてるってことか？」

年下とは思えないほどふてぶてしくて、傲慢な男が、不安そうに覗き込んでくる。

いつもはこっちの気持ちを無視して強引に押し切るくせに、どうしてこんなときだけわざわざ確認するんだ。

腹立たしかったけれど、漆黒の瞳ですがるように見つめられると、自分の気持ちを誤魔化せなかった。だいたい、嫌いな相手をかばうわけがない。

「違うと言ったら、どうするんだ？　私がなにを言っても、おまえは結局自分のいいように解釈するじゃないか」

紅くなった頬を見られたくなくて右手を引き抜き、東坂から顔を背けた。素直になろうと決めたはずが、いざとなるとプライドが邪魔をする。

「否定しないなら、好きなように取るぜ」

さきほどのしおらしさはどこへやら、嫌になるほど嬉しそうな声が聞こえた。きっと得意満面の貌をしているのだろう。

「……勝手にしろ」

我ながら可愛げがないと思ったが、三十年間生きてきた性格を変えるのは、なかなか難しい。それに、本来自信過剰な男をこれ以上つけ上がらせるのも悔しかった。

「つれないな。こっちは、命がけであんたに惚れてるんだぜ」

いま、なんと言った？　聞き間違いじゃないだろうか。背中を向けながらも、和彦の鼓動はうるさいほど高鳴った。

「なあ、初めて会ったときのこと、覚えてるか？」

「……あ、ああ」

意外な話題を振られ、戸惑い気味に返す。左肩を刺激しないようにそろそろと顔を向けると、東坂はうっとりするほどやさしい貌をしていた。

「野暮用があってあのホテルに行ったんだ。ちょっと時間が空いたから、庭で桜を見てたら、女連れのあんたが通りかかった。綺麗な貌してるのに、ひどくつまらなさそうに歩いててさ」

「そんなにつまらなさそうだったか？」

「だって、連れてる女の貌はまともに見ないわ、女に背中向けたとたんにため息ついてるわ、どう考えても不本意な見合いをさせられた男の態度だろ」

和彦が気づくまえから、東坂に観察されていたらしい。知らないうちに、不満げな貌を見られていたことがきまり悪かった。

「おもしろいなと思って眺めてたら、あんたと目が合った。そりゃもうきつい目で睨まれてさ。逆毛を立てた猫みたいで、可愛いかったな」

「またおまえはそんなことを……」

「一目惚れだったんだ」

「——」

真摯な情熱を湛えたまなざしに見つめられて、心臓を射貫かれたようになった。

晩春のあの日と同じだ。あのとき和彦が感じた不可思議な感覚を、東坂も感じたのだろうか。

「さすがにそのときは、一目惚れとは思ってなかったけどさ。あんたが事情聴取に来て、ますます興味が湧いた。俺がヤクザだってわかってるのに、怯みもせず、鋭い質問で切り込んでくる。綺麗で、頭が切れて、潔癖で……どうしても、手に入れたくなった」

「それで、オークションのときに私を買ったのか」

「あんたを誰にも渡したくなかったんだ」

和彦を見据える瞳が、狂おしい情動を帯びる。見つめられているだけで、体温が上昇しそうだった。

「あんたの正体をばらさず、かばったと思われずにあそこから助け出すためには、俺が買うしかなかった。おかげで、あんたには徹底的に嫌われちまったけどさ」

もう、嫌ってない。言葉で伝えるのが恥ずかしくて、和彦はそっと右手で東坂の手に触れた。

「俺のそばにいれば、危険な目に遭わせるだけだ。今回のことで、あんたを解放してやらなきゃと思った。……でも、死なせたくないなんて言われたら、手放せなくなる」

言葉に出さなくとも、和彦の気持ちは伝わったのだろう。応えるように、東坂が和彦の右手を取り、しっかりと指を絡めてきた。

「あんたのぜんぶが欲しい。体も心も、命も」

これほど情熱的に、これほど真摯に、誰かから求められたことがあっただろうか。和彦の胸を震わせたのは、なにもかも奪われる恐れではなく、求められる喜びだった。

もちろん、誰でもいいわけじゃない。東坂だから——命と引き換えにしてもいいと思った相手だからだ。

「これからは、あんたのことは俺が絶対に守る。だから、そばにいてくれ。——俺といっしょに、生きていこう」

いっそう強く指を絡められ、熱っぽく掻き口説かれる。好きな相手から求められて、断れるわけがない。

「そうだな。……おまえと生きていくのも、おもしろいかもしれないな」

息を詰めて和彦を見守っていた東坂が、ほっとしたように表情を緩めた。

「あ、べつに仕事辞めろとか言ってるわけじゃないから。あんたが検事の仕事にプライド持ってるのは、わかってるし」

なにも言わず、薄く微笑むに留めた。特捜部入りの夢が断たれたいま、検事という職業への執着は薄れている。惰性で続けられる仕事ではないし、飼い殺しにされるよりは、検察組織から離れたほうがいいかもしれない。

「早くよくなってくれ」

東坂が絡めた指先に唇を押し当ててくる。

「あんたが退院したら、一日中嵌めっぱなしにして過ごすんだ。ベッドから出さないから、覚悟しろよ」

「せっかく助かったのに、私を殺す気か」

さもうんざりしたように、眉をひそめる。東坂にそうされることを想像してしまい、期待に胸がときめいたのは秘密だ。

「まさか。せっかく両想いだってわかったんだから、あんたと思いきり愛しあいたいんだよ」

ただでさえ色気のある目許を細め、東坂が滴るように甘い笑みを浮かべる。愛しあう、なんてよく言えるなと思うのに、羞恥だけでないものに眦まで熱くなった。

「とりあえずいまは、これで我慢してやる」

すっかりいつもの調子を取り戻した東坂が不遜に呟き、くちづけてくる。和彦の身を気遣い、重みをかけないようにして。

自分から薄く唇を開いて、愛おしい男のくちづけを受け入れる。右手をそっと広い背中に滑らせると、ワイシャツ越しに、確かな骨格と硬い筋肉の感触が伝わってきた。

——生きてる……。

東坂も、自分も。

手にしたぬくもりを失わずにすんだことを感謝しながら、きりもなく続くキスに溺れていった。

9

「おめでとうございます、先輩」

機器の搬入を終えたリース業者と入れかわるようにして、佐野が事務所にやってきた。首に巻いたマフラーに、愛嬌のある丸顔が埋もれている。

「これ、お祝いです」

「わざわざありがとう」

佐野が差し出した日本酒の包みには、開業祝いとの熨斗《のし》がかけられていた。

負傷してから、三ヵ月。来週から師走《しわす》という今日、和彦は銀座に法律事務所を開いた。

事務所といっても、最低限の事務機器に机や応接セットを揃えた程度にすぎない。しかも事務員の採用はこれからなので、事務所には弁護士の和彦一人きりだ。

「これで先輩も一国一城のあるじですね」

「城にしては、ずいぶん殺風景だけれどね」

「ご謙遜を。すごい花の数じゃないですか」

朝からひっきりなしに、豪勢な花束やら蘭の鉢植えやらが届けられた。贈り主はすべて、九曜会関係の企業からだ。多岐川や九重からのものもある。

東坂をかばって負傷して以来、和彦を見る組員たちの目が一変した。とくに山下という東坂の補佐役からは、礼を述べられただけでなく、「これからも組長をよろしくお願いします」と頭を下げられてしまったほどだ。

「ところでこのビル、警備が厳重ですね」

佐野がちらりと視線をやったさき、開け放たれたドアの向こうにボディーガードの姿が見えた。

エントランスやエレベーターホールなどの各所で、ダークスーツに身を包んだ体格のいい男たちが人の出入りに目を耿らせている。東坂がよこしたボディーガードたちだ。

彼らは九曜会の関係者をガードするセキュリティサービス会社の職員で、かつては警察や自衛隊に所属していた者もいるという。正確には九曜会の構成員ではないのだが、独特の威圧感があった。

和彦が検察を辞めて弁護士となったことに、東坂なりに責任を感じているらしい。事務所の場所を決めるときも、ここは危険だの、もっと交通の便がいいところがいいだの、さんざん口を挟んできた。

結局、九曜会の顧問弁護士が事務所を構えるのと同じビルに事務所を開くことになったのだが、なんとなく嵌められた気がしなくもない。

このままなし崩しで、九曜会関連の仕事を請け負うことになりそうだ。すでに東坂の紹介で、脱税が発覚した会社経営者の相談が入っている。

もっとも東坂は、和彦を九曜会や東坂組に取り込もうという考えはないらしく、表の仕事にしか、かかわらせようとしない。シノギの邪魔をされたくないというより、和彦を巻き込みたくないようだ。

「それにしても、志岐さんが検察を辞めるなんて想像もしませんでした」

真新しい応接セットで向かいあった佐野が、しみじみと呟く。

佐野には、事件の調査のために東坂と接触するうち、東坂組の内部抗争に巻き込まれて負傷したことを話してある。さすがに東坂との関係は打ち明けられなかったが。

永井にもだ。和彦から連絡を受けて病院に駆けつけた永井は、拳銃で撃たれたと知って青ざめ、和彦が検察を辞めるつもりだと知ってさらに驚愕した。

『辞めてはいけません。諦めなければ、必ず道が開けます』

見舞いのたび熱心に慰留《いりゅう》されて心が揺れたが、結局、和彦の決意は変わらなかった。

『検事とは、もっといっしょに仕事をさせていただきたかったです』

私が定年したら、事務所で雇ってくださいね――最後にはあたたかく送り出してくれた永井のことを思い出すと、申し訳なさと感謝とで胸がいっぱいになる。

「自分でも、驚いてるよ。なにがあっても、検事を続けると思っていたから」

東坂と出会ってから、ずいぶんいろんなことがあった。犯罪が増えているとはいえ、まだまだ平和な日本で、拳銃で撃たれるなどという経験はそうそうないだろう。

その後、泰宏はもっとも重い処分である破門にされたと聞いた。内部抗争を経て反対派が一掃されたことで、東坂組の結束はいっそう堅固なものになったようだ。

和彦が受けた左肩の傷も、順調に回復している。気候や体調によっては鈍く疼くこともあるが、それもじょじょに消えていくだろう。

「あ、そうだ。これ、うちの夕刊です」

佐野が取り出した新聞には、『福嶋代議士辞職』の文字が大きく踊っていた。

「ご存じでしたか？」

「いや……ばたばたしていて、今日はまったくニュースを見ていないんだ」

自分が弁護士として新しいスタートを切った日に父が議員辞職をするとは、皮肉な巡りあわせだ。辞職をすることで一連の騒動の幕引きを図ったのだろうが、南山建設からの収賄疑惑が解明されない限り、世間のバッシングは続くだろう。

父とは、退院直後に会ったのが最後だ。

『清濁併《せいだくあわ》せ呑む器量がないと、政治はやっていけない』

南山建設との不適切な関係を質した和彦に、福嶋は顔色も変えず、この程度は瑣末《さまつ》なことだと言い放った。

『おまえもわかっただろう。検察の正義がいついかなるときも通用するわけじゃないと』

検察の捜査に圧力をかけたことも、和彦を特捜部から外させたことも、父は否定しなかった。

「いまさらですが……本当によかったんですか？　スクープさせていただいて」

「いいんだ。君の力を借りなければ、揉み消されるところだったんだから」

心配そうに訊ねる佐野に、淡く微笑んでかぶりを振る。

検察を辞めた和彦は、これまでの調査で摑んだ事実をすべて佐野に提供した。福嶋が南山建設のダミー団体から不正な献金を受けていたばかりか、妻がかかわる会社を通して不正な融資を受けていたこともだ。

上層部の方針に反発を抱く検事や事務官は、和彦以外にもいたらしい。彼らが佐野の取材に答えてくれたおかげで、南山建設社長の手帳に記されていた議員の名前が判明した。

「それに、南山建設から三千万円受け取っていたことがわかったのは、君の取材の成果じゃないか」

「志岐さんが情報をくださったおかげです」

面映ゆそうに笑い、佐野が謙遜する。公共工事受注の見返りに、福嶋が南山建設から三千万円受け取っていた事実を摑めたのは、佐野が根気強く取材を続けたからだ。

野党幹事長の秘書が逮捕されて、南山建設の不正献金事件は幕引きかと思われていただけに、佐野が書いた記事は大きなスクープになった。

以来、マスコミがこぞって続報を取り上げた結果、福嶋は議員辞職へと追い込まれるに至ったのだ。

「スクープのおかげで、冬のボーナスは期待できそうです。ボーナスが出たら、奢《おご》らせてください」

「楽しみにしてるよ」

嬉しそうに笑う佐野につられて、和彦も口許を綻ばせる。ヤクザとつきあいができたことを知っても、態度を変えずに接してくれる佐野がありがたかった。

「まだ仕事があるので、今日はこれで失礼します」

佐野を見送ろうとして事務所から出たところで、ちょうどエレベーターから降りてきた東坂と鉢合わせした。

ボディーガードを引き連れた東坂を見て、佐野がどんぐり眼をさらに瞠る。挨拶に立ち寄って、まさか東坂本人に出くわすとは思わなかったのだろう。

「よう、先生」

いつもは和彦と呼び捨てにしているくせに、わざとらしく先生呼ばわりする。チャコールグレーのスーツに、真紅の薔薇の花束を抱えた姿は一見ヤクザには見えないが、かといって堅気にも見えない。

「ん？　客か？」

東坂が和彦の傍らに佇む佐野に気づいて、ちらりと視線をよこす。精悍な美貌に、百九十近い長身。ただでさえ迫力があるのに、東坂の正体を知っていれば、よけい恐ろしいだろう。

「大学の後輩だ」

なんてタイミングが悪いんだろう。和彦は内心で舌打ちし、早く帰ったほうがいいと佐野に目配せした。

「じ、じゃあ失礼します」

いくぶん引き攣り気味の笑顔でいとまを告げると、佐野は東坂が乗ってきたエレベーターの中に消えた。

今日はいきなりの遭遇に度肝を抜かれたようだが、好奇心の強い佐野のことだ。そのうち、東坂に取材させてくれと言い出しかねない。

「事務所開きの祝いだ」

「……ありがとう」

東坂から薔薇の花束を押しつけられ、和彦は仕方なく受け取った。すでに東坂からは、企業名でいくつもの花束が届けられている。花屋でも開けというのかと言いたくなるのを、ぐっと呑み込んだ。

「綺麗に片づいてるな」

「まだものが少ないからな」

本来のあるじである和彦を後ろに従えて、東坂が我がもの顔で事務所の様子を見て回る。

「なあ、これから先生って呼ぼうか。先生って、エロい響きだよな」

「おまえはそういうことばっかりだな」

嫌そうに顔をしかめると、東坂がふっと唇を綻ばせた。想いを確かめあってからというもの、東坂が見せる表情は以前よりずっと柔らかく、甘いものに変化している。

「重いもの、持たなかったか？」

愛おしそうに見つめながら、東坂が和彦の左肩をそっと撫でてくる。自分の見ていないところで、和彦が無茶をしないか心配らしい。退院後しばらくは、和彦にいっさいものを持たせないようにしていたほどだ。

そのくせリハビリと称して、『ベッドの中で一日過ごす』という例の発言を実行したのだから、労られているのかどうか怪しいものだ。

「置き場所の指示をしていただけだから、荷物はなにも持ってない」

「そっか。よかった」

初日の今日は花屋とリース業者の対応と、書棚の整理だけで終わってしまった。和彦の答えに安堵の笑みを浮かべ、東坂が唇を寄せてくる。

一瞬ためらったが、ボディーガードたちは事務所の外にいるし、キスくらいならいいかと受け入れた。以前なら即座に拒絶していただろうに、我ながら変わったものだ。

「……、……」

吐息が甘く絡み、唇が重ねられる。東坂のキスはいつも極上だ。角度を変えて何度も啄まれて、唇が触れあう、小さな音にさえも快感を煽られる。

「ん、……っ」

唇で唇を軽く食まれ、驚いて口を開いたところに、すかさず熱い舌先が押し入ってくる。反射的に慄いた体を抱き竦められ、いっそう深くなったキスに翻弄された。

歯列をなぞられ、羞じらいに縮こまる舌を搦め捕られ、きつく吸い上げられる。敏感な口蓋《こうがい》を舌先につつかれると、快感に体が震えた。

「……ふ、……」

滴る唾液すら、甘い。どちらのものともわからないそれを嚥下すると、強引に仰け反らされ、無防備に晒された喉にくちづけられた。

「……心配だな」

広い胸にもたれて息を整えていると、東坂がぼそりと呟いた。さきほどまでは上機嫌だったのに、少し不機嫌そうだ。

「なんだ？」

「ここであんたが依頼人と二人きりになるのかと思うと、心配だ」

「仕事なんだから、仕方ないだろう。近いうちに事務員も雇うから一人じゃなくなるし、おまえのほうからはボディーガードを派遣してくれるんだろう？」

そんなことかと、和彦は内心で拍子抜けした。おまえのような節操なしはそうそういないから、安心しろ。心の中でだけ呟き、男の広い背中をぽんぽんと叩く。

「そうだけど、心配なもんは、心配なんだよ」

駄々を捏ねる子供のような口調で言いながら、東坂がぎゅうっと抱きしめてくる。

恋人に対しての東坂は嫉妬深く、独占欲が強いらしい。おまけにスキンシップ好きらしく、人目があるところでも構わず、肩を抱いたり、手を握ったりしてくる。

幼少期に親と離れ、無条件に与えられる愛情とぬくもりに飢えて育ったからかもしれない。そこに東坂の心の傷を見るような気がするのは、考えすぎだろうか。

ヤクザなどという殺伐とした世界に生きている東坂が、こうして甘えられるのは自分くらいのものなのだろう。そう思うと、鬱陶《うっとう》しいと撥ねのけることができなくなった。

『孝成は、淋しいやつなんだよ。だから、惚れたやつには一途なんだ。鬱陶しいかもしれないが、でかい犬を拾ったとでも思って、最後まで世話してやってくれ』

入院中、頻繁に見舞いに来てくれた九重の言葉だ。九重は、東坂の操縦方法もアドバイスしてくれた。

『あんたがちょっと甘い台詞の一つでも言ってやりゃ、ほいほい言うこと聞くぜ。なんたってあいつは、あんたに骨抜きだからな』

ここは一つ、九重のアドバイスを活かすべきだろう。

「心配してくれるのはわかるが、私がおまえ以外の誰かに興味を持つと思っているのか？私は、おまえのものなんだろう？」

子供でも宥めるように硬い背中を撫でながら囁くと、べったりと懐いていた男がいきなり顔を上げた。

「だったら、あんたが俺のものだっていますぐ確かめさせてくれ」

漆黒の双眸を欲情にきらめかせ、切羽詰《せっぱつま》った貌をした東坂が、和彦の腰をぐっと抱き寄せる。

――硬い。

いくらなんでも、いきなりすぎやしないか。衣服越しにもはっきりとわかる逞しい質量に、頭の中がかあっと茹《ゆ》で上がった。

「と、東坂…っ」

「あんたが欲しい」

欲望に濡れた声が、熱っぽく訴える。それ以上に熱いまなざしが、和彦をじっと凝視していた。

「まさか、ここでやるのか」

「ここでやったら、仕事中にも俺のことを思い出すだろ？」

「ちょ……、ん…っ」

にんまりと笑った男に唇を塞がれ、抗議の言葉を封じられてしまった。密着した腰を意味深な手つきでなぞられ、深くくちづけられると、甘い痺れが背筋を駆け上がってくる。

「……っ、ん…っ」

ちょっと宥めようとしただけなのに、効果がありすぎたようだ。ワイシャツの上から乳首をかりっと引っ掻かれて、くぐもった声が洩れた。

和彦が感じていることを見透かしたように、東坂が唇と唇の狭間で囁く。ワイシャツの上からくりくりと乳嘴を捏ねられると、体の中枢にまで刺激が伝い落ちた。

「なあ、いいだろ」

だけど、これからここは仕事場になるのだ。しかも開業初日に、そんなところで抱かれるなんて――。

躊躇《ちゅうちょ》しているあいだにも、東坂が和彦のネクタイを外し、ワイシャツのボタンを外していく。

「なあってば」

「……あ、っ」

胸許に顔を伏せた東坂が見せつけるように舌を閃かせ、ワイシャツの上からねっとりと舐め回す。体を引こうとすると、背後にあった机に腰を押しつけられた。机と男の頑丈な体軀のあいだに挟まれてしまっては、愛撫を受け入れるしかない。

ワイシャツの薄い生地がじんわりと濡れていく。布越しに感じる熱がもどかしかった。男の舌に直接愛撫される愉悦を知っている乳首がずくずくと疼いて、もの足りないと訴えている。

東坂の肩を押しのけようとしていた手から、力が抜けた。こうなるともう、東坂を受け入れないと収まりがつかない。

東坂がようやく顔を上げる。濡れた生地の下から紅く凝った乳嘴が透けて見えて、かえって猥《みだ》りがわしい様相を呈していた。

「満足させてやるからさ」

「年下のくせに」

東坂の思いどおりになるのが悔しくて、潤んだ瞳で睨む。そんな目で睨んでも逆効果だということを、和彦はまだ知らなかった。

「ほんの一年とちょっとだ」

「一年と五ヵ月だ。数字は正確に言え」

どうやら年下というのが、東坂にとってはコンプレックスらしい。

むっとする貌が可愛らしく思えるなんて、我ながらどうかしている。それほど、この男が好きなのだ。悔しいから、絶対に言ってやらないけれど。

「いいだろ」

「……しょうがないな」

さも仕方なさそうに言ってやったのに、東坂は至極満足そうに微笑んだ。

いきなり膝裏と背中に腕が廻され、横抱きにされる。ふわりと体が浮き上がり、和彦はとっさに目の前の首に腕を廻した。

「東坂…っ？」

「おとなしくしてないと、落っこちるぜ」

東坂の足取りは、和彦を抱えていることを感じさせないほどしっかりしていた。いったんソファに下ろされてから、東坂の膝の上に抱き上げられる。

「このソファなら、あんたを抱けると思ったんだ」

東坂がにんまりする。事務所のソファは東坂から開業祝いに贈られたもので、東坂の自宅のリビングにあるのと同じ品だ。

もちろん和彦はそんな高級品はいらないと断ったのだが、だったら同居してくれとわけのわからない二者択一を迫られて、ソファを受け取ることにした。しかし、スペアキーを作られてしょっちゅう押しかけられたり、東坂の自宅に連れ帰られたりしている現在の状況では、同居しているのとさほど変わらない。

「くそ……綺麗な肌に傷がついちまったな」

和彦のワイシャツをはだけ、東坂が悔しげに唇を歪める。傷痕を目にするたび、忸怩《じくじ》たる思いに苛まれるらしい。

和彦自身は、女性ではないし、服を着ていればわからないので、さほど気にしていない。どうせ自分以外で目にするのは、東坂だけだ。

「そのうち消える」

「だといいな」

贖罪《しょくざい》と慈しみのこもったキスが、左肩に落ちてくる。そのまま肌を滑り落ちた唇が、紅く膨らんだ乳嘴を捉えた。

「あ、…っ」

ちゅくちゅくと濡れた音を立ててねぶられると、じっとしていられないような快感が立て続けに込み上げてくる。膝の上に抱え上げられた不安定な体勢が心許なくて、東坂の両肩にすがった。

「ぁ…っ、……ぁ」

無防備に仰け反った胸許を、いっそう執拗に愛撫される。凝った突起の根元に歯を立てられて痛みに呻くと、今度は慰撫するようにやさしく舐められた。

「っ、ん……っ」

舌先で乳嘴を転がしながら、東坂の手が下肢に伸びてくる。スラックスの上から形を確かめるように撫でられ、和彦は眦を羞恥に染めた。直接触れられるよりも、恥ずかしい。

「相変わらず感度いいなあ。ちょっと胸をいじっただけで、すぐぐずぐずだ」

「言う、な…っ」

「危ないって。暴れるなよ」

東坂の肩を押しのけようとした弾みにぐらりと上体が傾いで、逆にしがみつく羽目になった。

和彦の腰をしっかりと支え、東坂がベルトを緩める。ファスナーを下ろす金属質の音がして、長い指が侵入してきた。

「下着まで濡れ濡れだな」

「っ……」

下着越しになぞられて、じゅくっと先走りの蜜が溢れた。愛撫だけでなく、卑猥な言葉にも過敏に反応してしまう。

「あ…っ、あ…、ん…っ」

下着ごとぐじゅぐじゅと揉みしだかれ、隙間から忍び入ってきた指先に弱い部分を刺激されて、淫らな反応を引き出される。

下着の脇からねっとりと色づいた昂りを引きずり出されて、恥ずかしさに泣きたくなった。今日に限って、どうして直接触れてくれないのだろう。中途半端に脱がされた格好が、和彦自身の目にも卑猥だった。

「どうし…て……」

「なんだよ?」

悪戯を仕掛けた子供のような貌で、東坂が和彦を見つめている。唇の端を吊り上げた表情は意地が悪いのに、瞳の奥に浮かぶ色はひどくやさしい。

「俺にしてほしいことがあるなら、言えよ」

「あぁっ」

ひときわ弱い蜜口を爪先で抉られ、じゅくじゅくっと濃密な雫《しずく》が溢れた。体の奥から熱が迫《せ》り上げてきて、いまにも弾けそうになる。

しかし、和彦が達しそうになると、東坂はすかさず愛撫をやめてしまった。どうあっても、和彦にねだらせたいようだ。さっき、しょうがないと言った仕返しなのかもしれない。

意地を張っても、延々と焦らされて、東坂を愉しませてしまうだけだ。この半年で、和彦はいやというほど学んでいた。

「もっと……ちゃんと、してくれ」

「了解」

腰を抱えられ、もう片方の手で下着ごとスラックスを引きずり下ろされる。あらわになった双丘の丸みを両手で割り広げられると、綻びかけていた花弁が期待にひくついた。

「ん…っ」

「もうひくひくしてるぜ」

淫靡な忍び笑いを洩らしながら、東坂が花弁の輪郭をなぞる。その指が濡れているのは、自分が滲ませたもののせいかと思うと、いたたまれなかった。

蕾の息遣いに合わせて、ゆっくりと侵入してくる。一本、そしてまたもう一本と。節の目立つ長い指が、ねっとりと押し包む柔襞を擦り立てる。

「中も、とろとろだな……」

「や…っ、あ、あ…ッ」

欲情に掠れた囁き、うねうねと縦横に蠢く指。鉤《かぎ》形に曲げた指で例の弱みを引っ掻かれ、和彦は東坂の上で髪を振り乱して悶えた。紅く熟れた花茎から、喜悦の涙が滴る。

「そんないやらしい貌を見せるのは、俺だけにしとけよ」

たまらなくなったように呟き、東坂が指を引き抜いた。和彦の腰を抱え上げ、真下から逞しく隆起した屹立を押し当ててくる。

「あ……あ、ぁ…ッ」

張り出した切っ先が、淫蕩《いんとう》に喘ぐ蕾の中心に突き刺さる。信じられないほど大きく、熱いものが、真下から突き入ってきた。

奥へと擦り立てられる愉悦と、埋め尽くされていく充溢感。頭頂まで衝撃が駆け抜け、頭の中が真っ白になった。

自重《じじゅう》がかかるせいで、いつもより深い部分まで東坂に征服される。もはや声も出ず、はっ、はっと断続的な息遣いだけになった。

根元まで深く雄蕊《ゆうずい》を呑み込み、狭い内奥を限界まで押し広げられて、込み上げてくる熱い愉悦に意識が遠のきそうになる。目の前の恋人の肩にすがると、いっそう強い力で抱き返された。

——こんな恥ずかしい貌を、誰に見せるんだ。

胸の奥に秘めた欲望を引きずり出し、狂おしい悦楽と熱い情動で満たしてくれたおまえ以外の、いったい誰に。

「和彦」

深く、静かな声だった。

濡れたまなざしを上げれば、切なくなるほどやさしい東坂の貌がある。しかし、そのまなざしだけは猛々しい情熱に彩《いろど》られ、いまにも和彦を灼き尽くそうとしていた。

触発されるように、和彦の身の裡深くから熱い想いが湧き上がる。こうして体を繋げてなお、もっと深く結ばれたいと願う欲深な望み。

くちづけを求めて、和彦から顔を寄せる。孝成、と囁いた声は、互いの唇のあいだに消えた。

「……ふ、……っ」

和彦の願いを察したように、求めた以上の激しさでくちづけられる。情熱的に舌を絡めあいながら、二つの場所で結ばれる至福に酔う。

検察を辞めたことは、後悔していない。東坂とともに生きていくと決めたこともだ。だが、東坂がヤクザであることに対する抵抗感が消えたわけではないし、東坂の情人としての立場を受け入れたわけでもない。一方的に庇護《ひご》され、守られるだけの立場などごめんだ。

守られるだけでなく、守りたい。

その強い思いが、和彦を支えている。ともに生きていくからには、東坂の傍らを自分自身の脚で歩いていきたかった。

東坂の言うとおり、霞を食っては生きていけない。大勢の組員を養うためにも、表の仕事である企業の収益を上げられるよう、和彦なりに力を尽くすつもりだ。

「ずっとそばにいてくれ」

逞しく脈打つ欲望で和彦の中を占めながら、東坂の声音にはすがるような響きがあった。

たった一人で、険しい人生を切り開いてきた男。

自信家で傲慢で図々しいくせに、脆い部分や淋しい部分があるのも、もう知っている。心を分かちあい、過去を見せあった、唯一の相手なのだから。

「私をそばに置いておくと、高くつくぞ」

年下の恋人の首に腕を廻し、もう一度自分からくちづける。
純粋な欲望と、獰猛な愛に溺れるために。

〈終〉

あとがき

こんにちは、藤森《ふじもり》です。今回は、長年の野望だったヤクザ×検事に挑戦しました。あと、憧れの俎板《まないた》ショー。でも、いざ書くと難しかったです……。

勉強不足のため、検察や事件関係の描写などで間違っている点が多々あるかと思いますが、あくまでフィクションということでご容赦ください。ちなみに、作中に出てくる黒猫のエピソードは、私が日比谷公園で目撃した実話です。野良猫って逞しいですね〜。

稲荷家房之介《いなりやふさのすけ》先生には、たいへんお忙しいところ、今回も素敵なイラストをありがとうございました。またまた頭の中を覗かれたのかと思いました……。ご迷惑をおかけして、申し訳ありませんでした。今後とも、よろしくお願いいたします。

担当さまにも、心よりお礼を申し上げます。またもや保母さんのような真似をさせて、すみません……。お仕事をご一緒させていただくのは今回が最後になりますが、またどこかでご縁がありますことを祈っております。

この本をお手に取ってくださったみなさまには、あとがきまでおつきあいいただき、ありがとうございました。よろしければ、ご意見ご感想などお聞かせください。

またどこかでお目にかかれますように。

藤森ちひろ

ひそやかに愛《あい》を暴《あば》け

プラチナ文庫をお買いあげいただき、ありがとうございます。
この作品を読んでのご意見・ご感想をお待ちしております。

★ファンレターの宛先★

〒102-0072　東京都千代田区飯田橋3-3-1
プランタン出版　プラチナ文庫編集部気付
藤森ちひろ先生係 / 稲荷家房之介先生係

各作品のご感想をWEBサイトにて募集しております。
プランタン出版WEBサイト http://www.printemps.jp

著者——**藤森ちひろ**(ふじもり ちひろ)
挿絵——**稲荷家房之介**(いなりや ふさのすけ)
発行——**プランタン出版**
発売——**フランス書院**
〒102-0072　東京都千代田区飯田橋3-3-1
電話(営業)03-5226-5744
　　(編集)03-5226-5742
印刷——誠宏印刷
製本——小泉製本

ISBN978-4-8296-2449-4 C0193